De pronto oigo la voz del agua

Hiromi Kawakami (Tokio, 1958) estudió ciencias naturales y se dedicó a la enseñanza hasta la publicación de su primer libro de relatos, *Kamisama* (1994), por el que obtuvo el Premio Pascal. Desde entonces, se ha convertido en una de las escritoras más leídas y galardonadas del Japón, merecedora de premios como el Akutagawa en 1996, el Ito Sei y el Woman Writer's en el 2000, y el Tanizaki en 2001. En castellano se han publicado *Abandonarse a la pasión* (1999), *Algo que brilla como el mar* (2003), *El señor Nakano y las mujeres* (2005), *El cielo es azul, la tierra blanca* (2009, nominada al Man Asian Literary Prize y adaptada al cine con gran éxito), *Manazuru* (2013), *Vidas frágiles, noches oscuras* (2015), *Amores imperfectos* (2016), *Los amores de Nishino* (2017), *De pronto oigo la voz del agua* (2021) y *El tercer amor* (2025).

Biblioteca

HIROMI KAWAKAMI

De pronto oigo la voz del agua

Traducción de
Yoko Ogihara y Fernando Cordobés

DEBOLS!LLO

Papel certificado por el Forest Stewardship Council®

Título original: 水声 *(Suisei)*

Primera edición en Debolsillo: enero de 2025
Primera reimpresión: noviembre de 2025

© 2014, Hiromi Kawakami
© 2021, 2025, Penguin Random House Grupo Editorial, S. A. U.
Travessera de Gràcia, 47-49. 08021 Barcelona
© 2021, Yoko Ogihara y Fernando Cordobés, por la traducción
Diseño de la cubierta: Penguin Random House Grupo Editorial / Laura Jubert
Imagen de la cubierta: © katyau / Getty Images

Printed in Spain – Impreso en España

ISBN: 978-84-663-6747-9
Depósito legal: B-19.147-2024

Compuesto en MT Color & Diseño, S. L.
Impreso en Liberdúplex
Sant Llorenç d'Hortons (Barcelona)

P 367479

1969-1996

Las noches de verano se oía cantar a los pájaros.
Era un canto breve y profundo.

Si me tumbaba en la cama bajo la mosquitera con
las contraventanas abiertas, normalmente terminaba
por sentir frescor, pero ese año el calor se resistía a
abandonar mi cuerpo, como si el día no fuese a acabar
nunca.

Salía de mi cuarto al pasillo, y tras el primer reco-
do estaba la habitación de mamá. La habitación donde murió. La casa tenía una estructura compleja, llena de recovecos. Era la única habitación que siempre
estuvo bien iluminada.

Todavía hoy, cuando cambio las sábanas de lino y
percibo su ligero crujido, pienso en mamá. Tenía cincuenta y pocos años. Tras su muerte, papá se marchó
para instalarse en un apartamento. Regresé a la casa en
1996 para vivir con Ryo y ya llevaba diez años vacía.

Aún recuerdo ese momento después de tanto tiempo. En la puerta principal había tres cerrojos, una medida de seguridad para impedir la entrada de intrusos.
No acertaba con las llaves y mi mano vaciló un tiempo entre las tres.

En el pasillo hacía un frío horrible. Dejé los zapatos en el zaguán. Los rieles de las contraventanas de las
puertas de acceso al jardín se habían oxidado. Abrí de
par en par. Me calcé unas sandalias medio deshechas
olvidadas por allí y salté encima de la piedra decorativa a modo de escalón que daba acceso al jardín. Era a

comienzos del mes de abril. Los cerezos empezaban a perder sus flores. Los arbustos de linderas, de angélicas, el ciruelo enano al pie de las hortensias, las pamplinas y las malas hierbas me rozaban los tobillos. Las sandalias terminaron por romperse tras unos cuantos pasos y no me quedó más remedio que pisar el suelo con los pies desnudos.

Había una habitación que decidí no tocar. Estaba en la primera planta. Puse un candado en la puerta. Cuando Ryo se marchaba a trabajar y me quedaba sola en casa, escuchaba un ruido que venía de allí: *kachi, kachi, kachi.*

En realidad, solo era el tictac de un reloj. Conocía bien ese sonido, pero aún hoy, a veces, sin poder evitarlo, me parece otra cosa y el miedo se apodera de mí.

Si miro por el ojo de la cerradura, alcanzo a ver un reloj de pared. Es un reloj negro. A papá le encantaban los relojes. Un buen día apareció con no menos de treinta que había conseguido a mil yenes la pieza y empezó a regalárselos a todo el mundo.

Podía llegar a regalar dos o tres a la misma persona. Le parecía una buena idea y lo hacía con la mejor intención, pero a veces podía resultar molesto. Cuando se daba cuenta cambiaba de actitud y ya no era fácil saber si estaba triste o enfadado. Al final, olvidó los relojes de pulsera y se concentró en los de pared y en despertadores que dejaba por toda la casa.

No solo se oye el ruido de ese reloj. En la habitación cerrada hay otros tres más con sus respectivos péndulos, cadenas y repertorios de sonidos diversos: *kotsu-kotsu, toto-toto, shi-shi.* Parecen sonar al unísono, pero en verdad nunca llegan a solaparse.

Si quiero librarme de ese ruido, abro la ventana del pasillo y dejo que el olor a hierba del jardín inunde la primera planta.

Los olores despiertan recuerdos.

El olor del asfalto caliente al reparar las calles me trae siempre a la memoria el verano de 1969, cuando bebía Seven-Up a todas horas.

Tenía once años. Ryo, diez.

Bebía directamente de una botella de color verde oscuro con el cuello corto, y el líquido descendiendo por la garganta me daba la sensación de quemarme el pecho. Nahoko no decía Seven-Up, sino «Sevena». Hacía dos veranos que había regresado de Estados Unidos, y mezclaba palabras inglesas en la conversación, pronunciando igual que una presentadora de la cadena FEN. «Espérame en la *platform* de la estación de Fujimigaoka», decía, por ejemplo. A Ryo y a mí nos hacía gracia esa forma suya de hablar, y ella se enfadaba cuando nos reíamos. Teníamos la misma edad. Después de vivir cinco años en Estados Unidos, había vuelto al colegio de su barrio y todos se burlaban de ella.

Nosotros no teníamos lo que se suele decir una familia en el pueblo, ni tampoco en ninguna otra provincia. Nahoko vivía con sus padres en el distrito de Setagaya, en Tokio, pero la casa natal de su madre, que era amiga de la infancia de la nuestra, estaba en Asakusa. Por parte de padre, todos venían de Ueno.

Ryo y yo, al igual que Nahoko, solo teníamos un refugio: Tokio. De todos los barrios de la capital, el más tranquilo era el nuestro, Suginami. En aquel entonces aún había campos de arroz en los alrededores y mucha tierra vacía.

«Llegó del aeropuerto y entró en casa sin quitarse los zapatos. ¿Te lo puedes creer?» A pesar de reprochárselo, su madre no dejaba de reírse. Nahoko arrugaba la nariz con una mueca muy suya cuando su madre contaba una y otra vez las mismas cosas: «Aprendió rapidísimo a hablar inglés, pero yo nunca lo he conseguido. Si veíamos algo en la tele, se reía enseguida con los chistes, pero a mí me costaba un triunfo entenderlos».

Los problemas de Nahoko en el colegio se debían a su inglés americano. A su madre eso no le preocupaba, se limitaba a bromear con las mismas cosas. Pero Nahoko no tenía con quién jugar durante las vacaciones de verano, de modo que se venía a pasar con nosotros un par de semanas en Suginami. Saltábamos a la comba, íbamos con Ryo al campo a cazar libélulas, jugábamos al escondite con los amigos del barrio; aunque Nahoko, hiciéramos lo que hiciésemos, parecía ausente. Yo le preguntaba si se aburría y ella negaba con la cabeza. Solo se la veía decidida y animada cuando bebía Seven-Up. Acababan de abrir un supermercado cerca y tenían Coca-Cola o Kirin Lemon, pero no Seven-Up. Cuando al fin refrescaba por la tarde, me metía el dinero de la paga de mamá en un monedero pequeño y caminábamos hasta la calle principal. Allí había una tiendecita, la única donde vendían Seven-Up.

Si era Nahoko quien lo pedía, la dueña no sabía de qué le hablaba. Entonces intervenía Ryo, y con su pronunciación a la japonesa la mujer le entendía sin mayor problema.

La calle principal estaba en obras. Pretendían ensancharla hasta tres carriles en ambos sentidos. En ese momento solo había uno. La obra se alargaba ya dos años. Las tardes de verano veíamos una especie de calima flotando sobre el asfalto. Nos sentábamos los tres juntos en el banco de piedra de un edificio municipal y mirábamos trabajar a las ruidosas excavadoras. Si caía un chaparrón, el asfalto recién vertido se volvía aún más negro de lo que era. La lluvia no solía durar mucho. El agua caía del cielo y al momento ascendía en forma de vapor, y de nuevo una humedad asfixiante se apoderaba de todo.

Antes de que la casa fuese de nuevo habitable tuvimos que deshacernos de un montón de muebles viejos, de toda clase de objetos abandonados a su suerte allí tras la muerte de mamá. La limpieza nos llevó cerca de seis meses. Empecé por la cocina: cuatro abrebotellas oxidados, dos cucharas aplastadas, un bol de acero echado a perder, un colador deformado, palillos amarillentos, un cuenco agrietado. Tiraba una cosa detrás de otra, pero el proceso no tenía fin. La cocina, tan llena de vida en otros tiempos, había perdido su alma. Las piezas antaño resplandecientes carecían ahora de brillo. Si miraba a mi alrededor, aún era capaz de imaginar ese antiguo esplendor, como si nada se hubiese resquebrajado, como si todo estuviese tan intacto como cuando mamá le daba uso.

Conservé únicamente un juego de cajas superpuestas de *bentō* para llevar comida que tenían una inscripción sobre un vigésimo aniversario del que no sabía nada. Guardé también una olla de aluminio poco profunda y una de esas teteras que silban cuando el agua hierve. Dudé si quedarme con una rejilla para la parrilla, pero al final la tiré. Me deshice asimismo de un buen estuche de gafas con los colores desvaídos que por alguna razón estaba dentro de un cajón junto al fregadero.

En cuanto terminé con la cocina, la emprendí con los armarios. Había futones, edredones, sábanas, cojines. Pesaban mucho a causa de la humedad, y olían a moho. Pregunté en una tienda de futones si había forma de recuperarlos, pero no me dieron muchas esperanzas. Los tiré poco a poco, no de golpe; si hubiera aprovechado el día de recogida de trastos viejos, la gente del barrio me habría llamado la atención. «¡Qué alegremente tiras las cosas a las que tanto tanto cariño tenía tu madre!» Eran los vecinos de toda la vida.

Mamá había plantado muchos árboles en el jardín. Un melocotonero, un caqui, un ciruelo, un níspero, una higuera. La mayoría eran frutales. No daban fruta todos los años, quizás porque estaban demasiado cerca los unos de los otros. El ciruelo, con suerte, apenas producía cada dos años.

Empecé a soñar con mamá cuando hube terminado de recoger la mayor parte de todo aquello.

Mamá me hablaba con mucha dulzura en mis sueños. «Si no me equivoco, habéis vuelto aquí para vivir juntos.»

Llevaba puesta una *yukata*, un quimono de verano, con un estampado de mariposas. El fondo era blanco, y los motivos, azul índigo salpicado de tonos rojos. ¿Era la misma que siempre había llevado desde que enfermó? Me preocupaba que tuviera frío. Ya estábamos a principios de otoño.

¿Venía del otro mundo, de ese mundo desde donde se nos acercan los dioses y los ancestros solo cuando estamos dormidos? Mamá estaba muerta. Se había convertido, por tanto, en un ancestro. Por eso me hablaba con dulzura y me hacía sentir perdonada.

«Sí, vivimos juntos.»

En mis sueños me comportaba como una niña mimada.

Mamá se sonrió. «Me pregunto si es buena idea», dijo. Tuve miedo a pesar de su sonrisa.

Desapareció enseguida. Cuando desperté no podía dejar de temblar. No le hablé a Ryo de mi sueño.

Ryo era un niño de pocas palabras.

Por el contrario, su mirada resplandecía, y cuando levantaba un poco la cabeza para mirarme directamente a los ojos me resultaba imposible contradecirle, daba igual de lo que se tratara. Sin embargo, yo debía de ser la única que me sentía así, porque Nahoko le trataba como a cualquier otro niño más pequeño que ella, con toda la naturalidad del mundo.

«Solo nos llevamos un año», rezongaba él a veces. Nahoko le decía en un tono calmado pero decidido: «No olvides que voy dos clases por delante de ti».

Nahoko y yo teníamos la misma edad, pero por la fecha de nacimiento y el sistema escolar ella estaba un curso por delante.

Ryo era capaz de cualquier cosa. Si se trataba de correr, llegaba el primero; si había que pintar, sus dibujos siempre terminaban colgados del tablón de la clase de trabajos manuales; si entraba en el coro, le encargaban la dirección, y en el resto de asignaturas casi siempre sacaba las mejores notas.

«¿De verdad se puede sacar un diez en todo?», le preguntó Nahoko.

Ryo fue a buscar sus notas y se las mostró. «¡Vaya!», exclamó ella con los ojos muy abiertos. Musitó algo en inglés y le devolvió las calificaciones.

—¿Qué has dicho?

—He dicho que debe de ser estupendo ser el mejor en todo.

Su respuesta le hizo reír a carcajadas. No era habitual verlo reír así. En ese mismo instante, sentí una punzada de rabia en el corazón.

Debe de ser estupendo ser el mejor en todo.
Debe de ser estupendo ser el mejor en todo.
Debe de ser estupendo ser el mejor en todo.

Ryo repitió para sí tres veces las palabras de Nahoko. Era como si estuviera saboreando un caramelo.

Aquel verano fue especialmente caluroso. Nahoko estaba en sexto y yo en quinto; Ryo, un curso por debajo, en cuarto. Nahoko nos contó que había un concierto de música folk en la plaza, frente a la salida oeste de la estación de Shinjuku. Pronunciaba *folk song* de tal manera que a nosotros nos sonaba *fa-son*.

—¿Qué es eso de *fa-son*? —le preguntó Ryo.

—Pues canciones. Tocan la guitarra y cantan contra la guerra.

Yo no llegaba a entender para qué podía servir una canción contra la guerra.

—Entonces, ¿tampoco os suena Yasuda Kodo? —preguntó Nahoko extrañada.

—¿Tiene algo que ver con la canción de Nabu Osami? —preguntó Ryo. Ella agachó la cabeza.

—Quiero otro Seven-Up —dijo mientras soplaba por el cuello de la botella vacía. No volvió a mencionar nada sobre *fa-son* ni sobre Yasuda Kodo.

—Imposible. No tengo dinero —dijo Ryo.

Nahoko se encogió de hombros y soltó:

—¡JC!

Ni Ryo ni yo sabíamos que ese JC era una forma abreviada de decir Jesus Christ, y menos aún que se usaba en Estados Unidos. Nahoko siempre escuchaba una emisora de radio llamada FEN. Se pegaba la radio al oído y cerraba los ojos como si atendiese a las palabras de una persona importante.

Aún me acuerdo de la expresión seria de su cara cuando movía el dial y encontraba la frecuencia. En ese instante, cuando el chisporroteo se transformaba al fin en la voz clara de una persona, yo tenía la impresión de ser arrastrada a las profundidades de una zona pantanosa.

En mis sueños mamá llevaba el pelo recogido.

Nunca antes la había visto peinada así. Solía llevar el pelo corto, dejando al descubierto un cuello un tanto grueso en relación con la delgadez de su cuerpo. Papá había acariciado su nuca húmeda en una ocasión, como si quisiera limpiar las gotas de sudor que perlaban su piel. A mamá le dio un escalofrío. «No, por favor, se limitó a decir.

Había algo que quería preguntarle a mamá.

Sin embargo, mientras aún vivía nunca me atreví a hacerlo, ni siquiera sabía por dónde empezar.

Cuando despierto de mis sueños compruebo que siempre estoy tumbada sobre el costado izquierdo. Le doy la espalda a Ryo, tumbado a mi derecha. Me pongo boca arriba y escucho su respiración. Extiendo el brazo bajo el edredón y toco su mano. Enseguida me aparto y le miro. Es decir, me vuelvo sobre el costado derecho y me dejo llevar por un sueño ligero.

«¡Mamá! —vuelvo a llamarla en el duermevela—. ¿Por qué vivías con papá?».

Esa es la pregunta que nunca le hice.

A veces la respiración de Ryo es irregular. En esos momentos, de su boca sale un profundo suspiro que suena a arrepentimiento. Poco después, cuando recupera el ritmo, soy yo quien contiene la respiración.

Han debido de pasar al menos cincuenta años desde que se construyó la casa, y el suelo de madera ha terminado por combarse. Las puertas cierran mal. La serpiente que hizo su nido en una de las contraventanas desapareció hace tiempo. Cada vez que descorro las mosquiteras o cierro los postigos, cada vez que agarro el tirador de la puerta que separa el salón de la cocina, noto la sombra de Ryo, la de Nahoko e incluso la mía cuando éramos niños y correteábamos por aquí. Son contornos que no llegan a tomar cuerpo, apenas luces difusas que cruzan veloces por el rabillo del ojo.

La respiración de Ryo vuelve a entrecortarse. Extiendo despacio la palma de la mano y la acerco a su boca, a su nariz. Noto su aliento, mi mano se humedece poco a poco. El edredón sube y baja ligeramente. Tiene más canas, su piel es más áspera que antes, pero si le miro detenidamente aún advierto la expresión de la infancia en ese rostro de hombre adulto.

Siempre me ha gustado oírle pronunciar mi nombre: «¡Miyako!».

Nahoko decía cosas muy raras. Por ejemplo, que su tele tenía trece canales.

«¡Eso es mentira!»

Ryo se lo soltó de golpe y ella se quedó aturdida.

«Es verdad. Ven a mi casa y lo verás.»

El asunto se quedó ahí, pero unos días después, cuando ya habían terminado las vacaciones, Ryo anunció que quería ir a casa de Nahoko, y, obviamente, di por hecho que yo también iría. No hacía falta mencionarlo. Sin embargo, un sábado del mes de septiembre se fue él solo nada más volver del colegio.

Le esperé en un descampado frente a la estación. Aún hacía calor y, aunque ya era por la tarde, el viento no soplaba. Cada vez que se detenía un tren de color verde en el andén sentía una especie de vacío en el estómago.

Esperé y esperé, pero Ryo no aparecía. El atardecer tenía un color muy extraño. No eran simples tonos rojos, estaban entreverados de morados, de amarillos. Jamás había visto una puesta de sol así. Me esforcé por recordar un ocaso normal, una y otra vez, pero no lo logré. Me quedé pasmada al comprender que las cosas que había creído entender en realidad no las había entendido. Las sombras de las personas que caminaban por allí eran extrañamente alargadas. También me inquietaba el canto de los milanos.

Ryo apareció después de las seis. El sol acababa de esconderse en el horizonte y la nube de libélulas rojas que revoloteaba por allí hacía solo un momento había desaparecido. Quería correr hacia él, pero las piernas no me respondían. ¿Por qué has venido a buscarme? No quería que me lo echase en cara. Me daba miedo. Ryo caminó hacia casa. Le seguí con cuidado de no hacer ruido. En cuanto entró por la puerta me desplomé en el suelo de rodillas. Me levanté aturdida y me froté los ojos. ¿Por qué lloraba? En realidad, no sabía si estaba triste o contenta. Hacía tiempo que no le observaba de espaldas, pensé.

Un año antes de volver a vivir juntos en esta casa, en 1996, Ryo iba en metro cuando se produjo el ataque con gas sarín. Por aquel entonces él vivía solo en un apartamento en Sendagi. Había salido de casa a las ocho menos veinte de la mañana. Si caminaba despacio, tardaba unos trece minutos hasta la estación, pero aquel día apretó el paso y cubrió el trayecto en tan solo diez. Corrió escaleras abajo, pasó el torno a toda prisa, recuperó su billete y notó que le sudaban la espalda y las sienes de tanto correr. El viernes anterior había sido excepcionalmente caluroso para la época. Pensó que el lunes ya no le haría falta el abrigo para ir a trabajar, pero había vuelto a refrescar y se había puesto una gabardina encima del traje.

Nada más llegar al andén, miró el reloj y comprobó que estaba a tiempo de subir al tren anterior al suyo habitual. Caminó por el andén hasta el vagón que paraba junto a la salida de Ayase y se subió en este. Así evitaría aglomeraciones. Estaba lleno, pero no tanto como para no poder moverse. En cuanto dejaron atrás la estación de Otemachi, tuvo un mal presentimiento. No obstante, se le olvidó enseguida y volvió a concentrarse en el periódico. Pasaron Nijuhashi, después Hibiya, y una vez más lo sacudió un mal augurio.

Se apeó en Kasumigaseki y, cuando se disponía a subir las escaleras, empezó a oír gritos, un gran alboroto. Pensó que alguien se habría tirado al tren y se giró apenas un segundo antes de empezar a subir. El tren no se movía. Oyó un anuncio por megafonía y volvió a pensar que se trataba de un accidente. Transbordó a la línea Hibiya y se bajó en la estación de Roppongi, donde estaba la oficina.

Hacia las ocho y media de la mañana ya se conocía la noticia de un atentado simultáneo en distintas estaciones de la red de metro. La empresa en la que trabajaba Ryo tenía unos sesenta empleados y ocupaba la planta entera de un edificio. Desde muy temprano, el ambiente allí era febril. La noticia de la suspensión del servicio de la línea Hibiya había corrido como la pólvora por toda la oficina.

Ryo no llegó a inhalar el gas. De no haber subido a un vagón distinto al habitual, lo habría hecho en el primero del convoy, el mismo en el que habían derramado el sarín. Siempre subía al primero porque era el más próximo a la escalera que conectaba con el transbordo en la estación de Kasumigaseki. Subir aquel día dos más atrás le salvó. Poco antes de anunciar lo ocurrido por megafonía, justo cuando se dio media vuelta

para mirar atrás, alguien estaba a punto de morir...
Pensaba en ello una y otra vez, tenía la impresión de
que un humo negro le envolvía la cabeza. Me lo contaba a veces a media voz, sin quitar ni añadir nada a su
relato.

«Vámonos a vivir juntos.»

Me lo propuso en Navidad, el mismo año del ataque.

Poco después de Año Nuevo cancelé el contrato
de alquiler de mi apartamento en Higashi-matsubara,
donde había vivido diez años, y me dispuse a preparar
la mudanza. Regresé a esta casa cuando los pétalos
de las flores de los cerezos empezaban a caer.

La televisión de Nahoko tenía, en efecto, trece canales.

«De verdad de la buena, lo he visto con mis propios ojos.»

Ryo hablaba muy excitado entre chispas de saliva.

Eso no era todo, además era una televisión en color.

«¿Te das cuenta? Me ha dicho que la han traído de
Estados Unidos. El padre de Nahoko dice que en la
tele de Estados Unidos hay trece canales.»

Pero si es una televisión de Estados Unidos, ¿cómo
hacen para ver los canales de aquí? Ryo sacudió la cabeza. No. Yo solo he visto canales japoneses que hablaban en japonés. Entonces, ¿qué se ve en el canal
número trece? Nada. La pantalla se pone gris y salen
puntitos como arena que se mueve todo el rato.

Solo fui una vez a casa de Nahoko. Desde la estación de Meidamae había que coger la línea Inokashira, luego cambiar a la línea Keio y bajar en Ashi-
kakoen. Después de recorrer una calle flanqueada

por edificios de pisos modestos, había que atravesar unos campos de cultivo hasta llegar a un grupo de casas entre las cuales estaba la de Nahoko. El muro exterior estaba pintado de blanco. Por la valla metálica trepaban rosales. Pensé en mi casa de madera ennegrecida, con su tejado a dos aguas, y sentí un poco de envidia.

—¿No te has perdido? —le pregunté a Ryo mientras rememoraba el camino hasta la casa de Nahoko.

—No, tengo un mapa.

Se lo sacó del bolsillo para mostrármelo.

Debía de haberlo hecho mamá, pero parecía dibujado por la mano de un niño. No había referencias claras y las calles estaban todas torcidas. A mí me pareció imposible llegar a ninguna parte con un mapa así.

—¿Cómo te has aclarado con eso?

—Nahoko ha venido a buscarme a mitad de camino.

Al fin lo entendí. Le di la espalda mientras me hablaba de la merienda que le habían ofrecido. ¿Qué te pasa?, me preguntó. Nada. Tengo que hacer los deberes. Me alejé sin mirarle. ¡Qué rara eres, Miyako!, dijo chascando los dedos. Hacía poco que había aprendido a chascar los dedos y, en cuanto podía, clac, clac, no perdía la ocasión.

Yo practicaba a escondidas, pero era incapaz de hacerlo. Me dolía perder a Ryo. Practicaba y practicaba en secreto sin parar.

Los diez años que siguieron a la muerte de mamá en 1986 apenas nos vimos. No es que lo evitase, pero los dos estábamos ocupados con nuestras cosas.

Cuando al fin dio señales de vida después de mucho tiempo, ya tenía treinta y cinco años. Yo, treinta y seis. Había ascendido a jefe de sección y tenía a tres personas a su cargo. Viajaba mucho al extranjero. Según me contó, solo en ese año había estado diez veces en Europa.

En cuanto a mí, era ilustradora y empezaba a tener una vida estable. El trabajo me exigía una gran concentración si no quería retrasarme con los plazos de entrega, y no podía evitar una constante sensación de apremio.

Ryo me llamó a menudo el año previo a volver a esta casa, en 1996. En concreto, durante la época de floración de los cerezos, unas dos semanas después del ataque con gas sarín.

«¿Qué tal estás?», me preguntaba siempre antes de iniciar la conversación. «Yo bien, ¿y tú?» «Más o menos.»

¿Cuántas veces repetimos ese ritual? Llamaba pasadas las once de la noche. Quizás había bebido, porque su voz sonaba más alegre de lo normal. Después prestaba atención a su tono entrecortado y comprendía que no era así.

La conversación duraba apenas cinco minutos. Colgaba y sentía caer la noche. La voz velada y grave de Ryo llegaba con fuerza a mis tímpanos. Más que cuando lo tenía delante, era cuando hablaba con él por teléfono cuando su voz impregnaba mi cuerpo.

—¿Por qué no quedamos un día de estos?

Me lo propuso después de varias llamadas y enseguida noté cómo me temblaba el cuerpo. Por alguna razón me acordé del cuello de mamá, de ese cuello fuerte, suave y cubierto de un delicado vello.

—¿Para tomar algo? —pregunté.

—Sí, tomemos algo —dijo él con ligereza.

A partir de hoy ya no volveré a casa contigo.

Aún recuerdo bien el día que me lo dijo.

A veces se burlaban de nosotros cuando nos veían juntos, pero a mí nunca me preocupó. A ti te da igual porque eres una chica, pero yo soy un chico y no me gusta, decía Ryo. A partir del día siguiente ya no iba a esperarme. Íbamos a cursos distintos y a veces él tenía cinco horas de clase y yo seis. Se quedaba en el patio jugando a balón prisionero con otros niños más pequeños que se quedaban hasta tarde en el servicio de guardería del colegio. Yo aguardaba el momento oportuno para llamarle, pero él siempre ponía cara de fastidio y caminaba a mi lado de vuelta a casa como si, en realidad, no estuviéramos ni juntos ni separados.

Fue el mismo día de empezar el cuarto curso cuando anunció que ya no me esperaría.

—¿Por qué?

—Vuelve con tus amigas.

—Ninguna de mis amigas va en esa dirección.

Siempre le había protegido, desde que me hicieron responsable de él cuando empezó el colegio. Llevábamos la misma gorra amarilla, cargábamos con las mismas mochilas, recorríamos juntos el mismo trayecto de cuarenta y cinco minutos de ida y cuarenta y cinco minutos de vuelta en primavera, verano, otoño o invierno.

Ya no volvía conmigo, pero yo aún sentía su presencia a mi lado.

«¿Mamá estará de buen humor? —me preguntaba a mí misma en el camino de vuelta—. Espero que sí».

«¡Hola! Ya has vuelto.»

Si su voz sonaba normal me tranquilizaba, pero aunque estuviera de mal humor nunca me regañaba ni me gritaba. Esos días, sin embargo, en casa se respiraba un aire frío. No entendía por qué no me regañaba ni gritaba cuando estaba enfadada, como hacían otras madres. De haberlo hecho, el corazón no me habría palpitado tan deprisa.

El día de nuestro encuentro llovía. La temporada de lluvias parecía no tener fin ese año. Llegué cinco minutos antes y me dispuse a dar una vuelta, convencida de que aún no había llegado, pero allí estaba él con su mentón afilado. Me sorprendí mucho. Me dio la impresión de que sus hombros se habían caído ligeramente por debajo del traje.

He adelgazado, ¿verdad? Estoy demasiado ocupado, dijo a modo de pretexto sin mirarme a los ojos. Yo tampoco lo hice. No me atrevía a mirarle directamente a la cara.

Entramos en un bar cerca de la estación y nos sentamos en la barra. Me tomaré una cerveza. Yo también. Brindamos sin mirarnos. Pasamos de la cerveza al vino mientras él hablaba de naderías. Por el ventanal que había a un lado de la barra resbalaban las gotas de lluvia. La luz se reflejaba en el cristal y las gotas resplandecían. ¿Te acuerdas del verano que Nahoko se quedó en casa? Ryo asintió con un semblante más bien sombrío. Éramos unos niños. Sí, unos niños. Nada más.

Nos reímos un poco, pero la risa enseguida se desvaneció. Sin ponernos de acuerdo, nuestro gesto se volvió inexpresivo y miramos hacia abajo al mismo tiempo.

—¿Cómo te va? ¿Y el trabajo?

—Bueno, trabajo.

—Un trabajo que te permite ganarte la vida.

—Sí, por suerte.

Comimos y bebimos sin abandonar en ningún momento los temas superficiales. Los platos estaban vacíos y a mí me daba pena marcharme. Tenía los codos clavados en la barra, la barbilla apoyada en la mano y el cuello un poco inclinado.

Me pregunto qué habrá sido de la casa. Al principio no le entendí. Sus palabras fueron como un susurro, algo confuso, nada más. Pero después rescaté el sentido y repetí maquinalmente: «¿Casa?».

—Sí, la casa de Suginami. Lleva mucho tiempo vacía y supongo que se encontrará en un estado lamentable, una ruina.

—¿Hace mucho que no vas?

—Papá va de vez en cuando para ventilar.

—Entiendo.

Le lancé una mirada furtiva.

—¿Y todos esos dibujos que había en tu cuarto? —me preguntó.

—Pues...

Cerré la boca, pero enseguida volví a abrirla.

—Allí seguirán.

—Ya veo.

Las paredes del que fue mi cuarto estaban empapeladas con nuestros dibujos. La primera vez que los vio, mamá puso el grito en el cielo, pero terminaron por hacerle gracia, aunque a partir de ese momento tuvimos más cuidado. Un chorlito, unas hojas de naranjo silvestre, tres pinos superpuestos, dos palomas frente a frente, una insignia. Al recordar los dibujos tuve la impresión de oír el trino de un pájaro en alguna parte. Era el pájaro que llenaba las noches de verano con su canto breve y profundo.

Las criadas

No me gusta hablar del pasado.

Mamá lo repetía a menudo, casi en un susurro, pero nada más decirlo empezaba a hacerlo.

Por cierto, me acuerdo de Sekiya, la criada con las mejillas picadas de viruela. Me caía bien. ¿Por qué? Porque le gustaban las habladurías y sabía cómo contarlas. Eran historias muy divertidas. Hablaba de la amante del barbero de la tienda de al lado, por ejemplo, o de las mujeres que vivían en una pequeña casa de *geishas* que quedaba al final de la calle, o de lo que hacían los empleados de nuestra tienda durante las vacaciones. En cuanto se percataba, tu abuela la reprendía con severidad, pero a Sekiya le daba igual.

Sekiya. Qué nombre más extraño, ¿no? Se lo dije a mamá e incliné ligeramente la cabeza. Mi gesto la hizo reír.

Es que añadíamos *-ya* a los nombres de las sirvientas: Toshi-ya, Matsu-ya, Kimi-ya...

Era su apellido, Seki no sé qué...

No. Era su nombre, no el apellido. Seki Yamada o Seki Suzuki, algo así. Ahora que lo pienso, tampoco me acuerdo de su nombre.

En la casa donde nació mamá, es decir, en casa de los abuelos, regentaban un negocio de papel desde la generación anterior a la de mi abuelo. Mi bisabuelo, el abuelo de mamá, se llamaba Masagoro. Era el quinto de siete hermanos. Vivía en casa de sus padres, que eran muy pobres, pero era un tipo inquieto y empezó

25

a hacer trabajillos que con el tiempo le permitieron ahorrar una cierta suma con la que abrir su propio negocio. Al principio solo era un tenderete más, pero poco a poco fue creciendo, y Masagoro terminó por montar una verdadera tienda, aunque era pequeña y estaba en una *nagaya,* una especie de callejón comercial un poco apartado de las calles principales del distrito de Hongo.

Siempre me pareció que esas viejas historias de mamá venían de muy lejos, de otro mundo, como si las leyera alguien en un libro ambientado en un lugar muy distinto al que conocíamos Ryo, Nahoko y yo, el lugar donde jugábamos, donde íbamos al colegio.

«¿Cuántos años tenía Sekiya?»

No lo sé. Imagino que poco más de veinte. Había otra chica que tenía la mala costumbre de robar. No dinero o artículos de la tienda, sino comida, sobre todo mantequilla. Un día se tragó un pedazo enorme y enfermó. No dejaba de decir que se sentía fatal, y se la veía sufrir, desde luego. La abuela se enfadó mucho y la regañó, pero a mí también me caía bien esa criada.

Todas terminaban por desaparecer antes o después. Algunas se despedían de nosotros; otras se marchaban sin más. Llevaban el pelo recogido en un moño y, por alguna razón, todas eran bajas.

No recuerdo a papá cuando mamá contaba sus viejas historias. Ni siquiera sé si estaba presente. Solo conservo una imagen vaga de él, la cabeza apoyada entre las manos, la mirada perdida en la distancia.

Al parecer, los años que siguieron a mi nacimiento nevó mucho en Tokio.

«Pues no me acuerdo», le dije a mamá.

Ella se rio.

¿Cómo vas a acordarte? Aún llevabas pañal, no hablabas, y eras una criatura tan delicada que un simple pinchazo habría bastado para acabar contigo.

Nunca llegué a acostumbrarme a esa forma tan cruda de hablar que tenía mamá, pero a veces lo pienso y me doy cuenta de que hago lo mismo.

No recuerdo la nieve. El granizo sí.

Un gran estruendo: ¡pa, pa, pa! El suelo se puso blanco, el cielo estaba gris. Me divertía comprobar cómo algo que caía desde arriba se congelaba al llegar abajo. Esa cosa divertida golpeaba el tejado, las ventanas, rebotaba sin parar.

Salí descalza al jardín y traté de recoger las bolitas de hielo esparcidas por el suelo. Algunas se deshacían nada más tocarlas, otras se mantenían intactas entre mis manos. Tenían mil formas y tamaños, tapizaban extrañamente el suelo.

Cuando recibí el impacto de una de ellas, me sorprendí mucho. Al principio eran pequeñas, pero a partir de cierto momento crecieron hasta alcanzar el tamaño de un caramelo. Ryo estaba a mi lado.

«¡Ryo!», grité mientras le protegía. Cubrí su pequeño cuerpo con el mío y el granizo me golpeó la cabeza, el cuello, la espalda. Me hacía daño. Tenía ganas de llorar, pero me aguanté.

Ryo estaba calentito. Su aliento olía a leche. Le arrastré hasta el *engawa,* la galería que rodeaba la casa. Tenía miedo, pero se resistía a entrar. Me arañó. Yo tenía los pies helados. Del arañazo en el dorso de la mano brotó un poco de sangre. Le abracé para sujetarle. Se revolvía, y tuve la impresión de que su cuerpo desprendía aún más calor. Mi corazón se impacientaba al tratar de sujetar esa cosa caliente. El suelo se había convertido en un lodazal donde se mezclaba el granizo deshecho y la tierra. Se fue calmando poco a poco. Abrazado a mí, me parecía cada vez más pequeño.

«¿Qué pasa?»

Escuché la voz de mamá que llegaba desde lo alto. Su hermosa resonancia se infiltró entre las piedras de granizo que caían del cielo.

Ryo pareció recuperar de golpe su tamaño original. Su cuerpo se llenó de energía y rompió en un llanto que parecía brotar de las entrañas mismas de la tierra.

«¡Hay que ver, qué pies más sucios!»

Mamá extendió los brazos y nos alzó suavemente. Pesábamos mucho, pero volábamos por los aires transportados por unos brazos que nos depositaron en el interior de la casa como simples objetos.

«¡No piséis el tatami!», ordenó mamá.

Nos sentamos en el suelo sin apoyar los pies. Nuestros cuerpos en forma de L se desequilibraban. Apoyé las manos detrás de la espalda para no caerme. Los restregones de mamá con el trapo terminaron por alterarme. Ryo no apartaba la vista del jardín.

«¡Qué tontos sois los niños!»

Mamá frotaba y frotaba nuestros pies sin dejar de repetir lo mismo. Antes de su aparición, era yo quien abrazaba a Ryo, pero después fui yo quien terminó entre sus brazos. En ese cambio súbito había algo odioso para mí pero que me embelesaba al mismo tiempo.

A Sekiya no solo se le daban bien las habladurías, también era una excelente cazadora de chinches. Mamá me enseñó cómo lo hacía. Cuando pican, las chinches dejan dos puntitos en la piel.

No quería que me picase ningún bicho, pero los dos puntitos en la piel de los que hablaba mamá despertaron en mí una especie de anhelo. Quería sentir aquello, al menos una vez.

A mí nunca me picaron, porque Sekiya colocaba una trampa estupenda alrededor del futón donde dormía, me explicó mamá.

Todas las noches, Sekiya disponía una especie de foso alrededor del futón.

«¿Un foso?»

Mamá inclinó la cabeza con gesto de extrañeza al escuchar mi pregunta. No sabía si ese foso era algo que se vendía o era Sekiya quien lo construía con sus propias manos. Fuera como fuese, colocaba alrededor del futón cuatro listones cuadrados de madera de unos pocos centímetros de altura, los ajustaba a una cierta distancia del futón y se aseguraba de que no quedase ninguna abertura en las juntas.

La parte superior de los listones estaba hueca, como túneles vueltos del revés. En el fondo, Sekiya pegaba un celofán de color verde.

Cuando las chinches se acercaban al futón, primero debían trepar por las paredes de los listones y saltar. Aunque lograsen remontar el primer obstáculo, esos pocos centímetros de altura, al saltar siempre terminaban en el fondo, atrapadas en el celofán.

Me gustaba contar los bichos que habían caído en la trampa durante la noche y que aún se agitaban. Eran repugnantes. Contaba: uno, dos, tres, cuatro... Me parecía que se resignaban a su destino. Después me levantaba del futón y el sol de la mañana me hacía sentir como nueva.

¡Sekiya, Sekiya!, la llamaba.

Sekiya acudía y levantaba los listones en bloque. Las chinches seguían allí pegadas y ella las aplastaba con un papel. Debía de ser algo así, porque en realidad nunca llegue a ver cómo lo hacía. Para entonces yo ya estaba ocupada lavándome la cara y preparándome para ir a la escuela. Además, todas las mañanas debía depositar la ofrenda de arroz en el altar budista de nuestra casa. Me esfuerzo por recordar los detalles, pero solo consigo evocar la atmósfera de mis quehaceres matutinos.

Sekiya estuvo mucho tiempo con nosotros. Sin embargo, al poco de cumplir veinticuatro años se casó y se marchó. Antes de irse me regaló una bolsita para las cintas del pelo que había hecho con retales. Yo llevaba el pelo hasta la cintura, y Sekiya me lo recogía todas las mañanas.

«Ahora que lo pienso, resulta que me peinaba después de aplastar las chinches y ni siquiera se lavaba las manos», dijo mamá entre risas. Era una risa triste, como si le brotase de lo más profundo del corazón, sin el menor atisbo de resentimiento. Algo muy suyo, pensé.

Recuerdo la primera vez que vi a Ryo.

Eso es imposible, decía mamá. Solo tenías un año y medio.

Casi un mes antes de su nacimiento, mamá y yo nos instalamos, según era la costumbre, en casa de los abuelos, donde aún seguía en marcha el negocio del papel. Dormíamos juntas en una habitación con el suelo de tatami, su cuarto de cuando era niña. Al parecer, yo me pasaba el día subiendo y bajando de la mesa. Eso no lo recuerdo. «Trepabas como un mono», decía.

Cuando me trajo a mí al mundo, también se instaló una temporada en casa de sus padres. Nací en un hospital cercano. Mamá tardó en recuperarse del parto y tuvo que permanecer ingresada unos días. Fue la abuela la primera persona que me dio un baño, no ella.

Mientras estaba en la maternidad dando a luz a Ryo, yo me bañaba con el abuelo en lugar de hacerlo con la abuela. Él me frotaba la espalda con una toalla y cantaba: «¡Miles de soldados aparecen con las primeras luces del alba...!». Sumergida en el vapor del baño, su voz resonaba con un eco extraño. Era aficionado a la poesía clásica china. La abuela también, y, en realidad, a ella se le daba mucho mejor, por eso el abuelo aprovechaba el rato del baño y allí daba sus recitales un poco a la desesperada.

Por entonces ya no había criadas ni empleadas en el negocio familiar, nadie ajeno a la familia vivía bajo el mismo techo. Tan solo Shigue, que trabajaba allí desde antes de la guerra y había terminado por convertirse en el segundo artesano del papel más reputado de todo Tokio. Vivía en un cuarto pequeño al fondo de la tienda, y yo estaba más familiarizada con él de lo que nunca lo habían estado los abuelos. No me apartaba de su lado, ni siquiera cuando subíamos al primer piso a la hora de la comida.

Ryo nació con un pelo abundante. Lo tenía todo tieso, como las cerdas de un pincel.

Vaya cara más rara.

Fue lo primero que dije cuando mamá volvió con él del hospital.

Me quedé mirándole. Recuerdo perfectamente la situación, lo que sentí mientras le observaba. Mamá no dejaba de repetir que no era así, que su cara era completamente normal, pero para mí era evidente que no.

Es mi hermanito. Esta cosa es mía.

Las historias de mamá a menudo se entremezclaban.

Tal vez disfrutaba con esos equívocos, o quizás no quería acordarse de las cosas tal como sucedieron. «Me da igual», decía cuando le llamaba la atención sobre alguna incoherencia.

El negocio de papel de los abuelos existe todavía hoy. El hermano mayor de mamá, al ser el primogénito, estaba destinado a heredarlo, pero a él nunca le gustó, y en cuanto terminó el instituto se marchó de casa.

«Debió de ser poco después de cumplir veinte cuando vino Takeji. Era el tercer hijo varón de una familia dedicada al mismo negocio, en Ueno.»

Takeji entró en la empresa como aprendiz, con idea de abrir su propio negocio en el futuro y formar una familia, pero al abuelo siempre le gustó cómo trabajaba. «Quería casarlo conmigo.»

Su hijo mayor se había marchado de casa y él quería un yerno, un sustituto del primogénito que se quedase a cargo de todo.

«Yo nunca tuve la más mínima intención de casarme con él.»

Takeji y mamá no se casaron, en efecto, pero siempre mantuvieron una estrecha amistad, que Takeji también sostendría más tarde con el marido de mamá. Venía a vernos al menos una vez al mes a nuestra casa de Suginami.

Poco después de nacer Ryo, Takeji se casó, pero aun así continuó visitándonos. Tuvo dos hijos que nunca lo acompañaban en sus visitas, siempre aparecía solo. Se presentaba en casa con un montón de regalos para nosotros dos.

Aunque Takeji y mamá no se casaron, el abuelo terminó por dejarle el negocio en herencia. De todos modos, para que mamá y su hermano pudiesen volver a su casa natal cuando quisieran, la situación nunca llegó a estar del todo clara. El negocio familiar se transformó en una compañía y mi abuelo en su presidente. Takeji, por su parte, pasó a ser una especie de jefe de departamento.

«¿Por qué no le nombrarían presidente a él?»

Mamá se hacía esa pregunta con aire divertido. Siempre parecía divertirse, de hecho, pero esa alegría suya escondía algo de veneno.

Takeji estaba enamorado de mí. Completamente enamorado, decía mamá a menudo.

Lo cierto era que yo le había observado cuando venía a vernos a casa, y nunca me pareció que ocultara pasión alguna por ella. Más bien daba la impresión de que nos visitaba para charlar con papá o para vernos a Ryo y a mí.

«Tal vez tengas razón. En realidad, me da igual.»

Mamá hablaba y yo asentía. Sin duda, le gustaba tomarse las cosas a la ligera.

Para descubrir la verdadera razón de las frecuentes visitas de Takeji tuve que esperar un tiempo.

Ryo fue siempre muy obstinado.

«No. No me gusta este niño», decía yo a menudo. Lo repetía una y otra vez: «¡No, no, no!».

Quizás fue esa la razón de que la primera palabra pronunciada por Ryo no fuera mamá ni papá, ni *bu-bu* o *ba-ba*.

«¡No, no!»

Eso fue lo primero que dijo.

«¡Pues vaya cosa difícil has aprendido! —exclamó mamá admirada—. ¿Y qué quieres decir con ese *no*?».

Ryo abría su pequeña boca todo cuanto podía. Después soltaba: «¡O, o, o!».

«¿Quieres decir "o", "o" de "hola"?»

Mamá insistía en preguntárselo, pero yo sabía que se equivocaba.

No sé cuántas veces pude decirle que no me gustaba, y él debió de terminar por darse cuenta. Quién sabe, a lo mejor me refería también a mí misma.

Sus «o, o, o» terminaron por transformarse en un «no» rotundo, y poco después en un «no me gusta».

«¡Muy bien, Miyako! Le has enseñado muy bien.»

Mamá se lo tomó así.

¿Tan odioso te parece? Si casi no llora, crece sano y a su corta edad se ríe y conquista el corazón de las mujeres. Cuando salgo de paseo con el cochecito, llama tanto la atención que todas las señoras con las que me cruzo se paran a decirle algo.

No entendía bien qué quería decir mamá en realidad, pero percibía su tono de broma, una intención oculta.

Yo tenía razón. Años más tarde me hizo una confesión.

Criar hijos es una penitencia que no habría soportado de no habérmelo tomado con cierto grado de irresponsabilidad.

¿Criarnos a Ryo y a mí fue una penitencia?

No, porque lo hice de manera irresponsable.

No creo que hubiese nada paradójico en ella.

Ryo sigue teniendo mucho pelo y, aunque no lo tuviera, conserva intacto su magnetismo hacia las mujeres. Lo que ya no sé es si aún lo usa como hacía de niño.

Los regalos de Takeji eran siempre un poco extraños.

En una ocasión se presentó con una serpiente disecada que había comprado en Hong Kong. Otra vez trajo un medallón en forma de langostino de Taiwán, unas sandalias de paja de un templo de montaña en San-In.

«Mira, he pensado que te gustaría», dijo mientras me colgaba del cuello el langostino bañado en oro con su cadena también bañada en oro. Se mirase por donde se mirase, era un adorno sumamente inadecuado para una chica que ni siquiera había acabado el colegio.

«Te quedará muy bien cuando seas más mayor.»

A pesar de su gesto, mamá me desabrochó enseguida la cadena. Seguro que a mí me queda mejor, dijo. Se lo colgó de su cuello largo y robusto. Cuando ella se movía, el langostino movía la cola. Era una pieza trabajada minuciosamente. El cuerpo del langostino se componía de segmentos independientes, articulados hasta ensamblar el conjunto. Al mirarlo de cerca nos dimos cuenta de que tenía unas piedrecitas rojas a modo de ojos.

«¿Son rubíes?»

Takeji asintió.

«Bueno, descartes de rubíes. No tan caros.»

Mamá lo guardó en su joyero. Lo mismo sucedió con la serpiente disecada. Le preguntó para qué servía, y después de atender a su explicación le dijo que jamás había cocinado serpiente. Takeji se remangó. Él había aprendido en Hong Kong: la hirvió durante horas, hasta obtener una sopa densa.

Mamá fue la única que probó la sopa. Papá, lívido, juraba y perjuraba que odiaba las cosas largas. Ryo y yo tampoco nos atrevimos a probarla.

«¡Pero si está buenísima!»

Takeji torció el gesto. Mamá comió sopa varios días seguidos. La calentaba por la mañana, y por la tarde el brebaje se había espesado aún más, hasta adquirir un color muy oscuro. La guardó en la nevera.

Después pellizcaba con la mano bocados gelatinosos y los engullía con sumo cuidado.

«¡Ay, qué rica está!»

Era una mujer que comía con verdadero placer.

Ni la serpiente ni el langostino de oro terminaron en mis manos o en las de Ryo. Las sandalias de paja tuvieron otro destino.

«Son mías.»

Ryo solía evitar a Takeji, pero en esa ocasión se acercó a él para decírselo.

A Takeji se le daban bien los niños, y creo que no tanto por su condición de padre como por su naturaleza. A mí siempre me gustó. A Ryo no.

Cuando venía a casa solía encerrarse en su cuarto, la misma habitación cerrada con candado hoy en día donde están los relojes.

Le evitaba; si Takeji se quedaba a cenar, Ryo no salía hasta que se marchaba.

«¿Será porque es vergonzoso?»

Takeji lo preguntó una vez en un tono de voz pausado, pero no recibió respuesta por parte de nadie. Ni mamá, ni papá, ni yo misma éramos conscientes de que le evitaba.

Guardar las apariencias o disimular no eran normas en nuestra casa. De todos nosotros, la más abierta y sincera era mamá, aunque papá no le iba a la zaga, especialmente si se le comparaba con el común de la gente. Cuando empecé a ir a la escuela comprendí, tanto en clase como en casa de mis amigos, hasta qué punto se esforzaba todo el mundo en mantener la armonía, unas relaciones cordiales no exentas de evasivas.

Ryo casi arrancó las sandalias de paja de las manos de Takeji, y enseguida se las calzó. Demasiado grandes para él. La tira que debía pasar por el dedo gordo era demasiado holgada para sus pequeños dedos, y la horma doblaba en anchura su pie.

A pesar de todo, se anudó los cordones al tobillo y caminó por la habitación arrastrándolas. Cuando se aburrió, se soltó los cordones, colocó una encima de otra y las apretó contra su pecho como si fuesen un objeto precioso.

«¿Te gustan?»

Se limitó a asentir con una inclinación de cabeza. ¿No deberías dar las gracias?, dijo mamá. Él cerró los ojos.

«Gracias», dijo en voz baja.

Takeji sonrió. Él no.

De tanto ver cómo Ryo se obstinaba en evitarle, acabé sintiéndome estúpida por llevarme tan bien con él. Takeji siempre me había agradado. Corría hacia él y me levantaba por los aires unas cuantas veces. Ryo me miraba con un gesto de rechazo, quizás porque nuestro padre no nos levantaba por los aires de esa manera ni a él ni a mí.

Takeji me zarandeaba cariñosamente y luego me dejaba en el suelo.

«El negocio del papel no exige esfuerzos físicos, ya no tengo tanta fuerza como antes. Además, últimamente he echado barriga.»

Me fijé en su barriga. En efecto, sobresalía ligeramente. La toqué. Estaba blandita. Mira, le dije a Ryo, pero él no se acercó. ¡Vamos, a cenar!, intervino mamá.

A mamá le gustaba mucho comer y también se le daba muy bien cocinar. Lo dijo Takeji mientras le dedicaba una mirada lenta.

La muerte de mamá

En la primavera de 1996, cuando volvimos a vivir en esta casa, Ryo trajo pocas cosas. Unos cuantos trajes y libros para llenar una estantería. Al margen de eso, el resto cabía en cuatro cajas de cartón.

«Pero tengo muchos zapatos.»

En efecto, diez cajas en total con sus respectivos pares: zapatos de cuero, botas de media caña y zapatillas de deporte.

«¿Y las sandalias de paja que te regaló Takeji hace tiempo?»

Se rio de mi pregunta.

«Las he tenido guardadas hasta hace poco, pero ya las he tirado.»

También él había ido al templo de montaña de San-In. Llevaba unas zapatillas de deporte y en la entrada le pidieron que enseñase las suelas.

«Con eso se va a resbalar. Póngase unas sandalias de paja como esas.»

Ryo sacó entonces las sandalias de paja que había llevado consigo. Al encargado le parecieron adecuadas. Al acercarse al pie de la montaña vio un montón de sandalias en una gran caja y un cartel: 2.000 yenes para comprarlas, 500 por el alquiler. Había mucha gente revolviendo hasta dar con su número.

—Me pregunto si Takeji también compró las suyas allí.

—Imagino que sí.

—¿Las había usado para subir la montaña?

—Seguro. Las suelas aún tenían tierra seca pegada.

—Qué regalo más extraño, ¿no crees?

A ratos lo pasó mal, porque la ascensión era mucho más dura de lo que pensaba. Por entonces Ryo debía de rondar los treinta y apenas teníamos contacto. Hasta los veinticinco yo lo había sabido todo de él, aunque quizás afirmarlo así era demasiado rotundo.

Saberlo todo de alguien. ¡Qué cosa más terrible! Mamá habría dicho algo así, supongo. De hecho, recuerdo que una vez murmuró: «No me gustaría saberlo todo de alguien; me daría miedo. Ni siquiera quiero saberlo todo de mí».

Se lo dijo a papá. Era un caluroso día de verano. Ryo y yo cursábamos secundaria y comíamos sandía sentados en el suelo frente a una mesa baja. Mamá se abanicaba. Papá estaba tumbado a nuestro lado. Estábamos en la habitación de tatami que daba al jardín. El ventilador giraba despacio.

En 1996, a nuestro regreso, esos mismos tatamis se habían echado a perder. Algunas partes se hundían al pisar. Quería cambiarlos, pero la vieja tienda de tatamis cerca de la estación había desaparecido, y la que encontré después de dar vueltas y más vueltas me hizo esperar mucho.

Al principio, Ryo colocó todos sus zapatos en el zaguán, pero ahora prefiere guardarlos en la habitación del suelo de madera de la primera planta. Ese es su cuarto desde que nos mudamos. Él mismo montó una estantería baja y los dispuso en un orden determinado que solo él entiende.

A veces, cuando está en el trabajo, entro y acaricio los zapatos. Están muy bien cuidados. No hay uno solo con la suela desgastada ni deformada por una mala pisada. Camina con mucha elegancia. Mis zapatos, por el contrario, siempre se desgastan por la parte interior del pie derecho.

No puedo dormir.

Me lo dijo cuando terminaba el primer verano que volváimos a pasar en la casa.

Comíamos sandía y contemplábamos la floración del árbol de Júpiter en el jardín, sentados frente a la mesa baja de la habitación de seis tatamis, como teníamos costumbre de hacer tiempo atrás. Para tapar un poco los desperfectos del suelo, habíamos puesto encima una estera.

—Esas flores del árbol de Júpiter resultan asfixiantes, ¿no te parece? —dijo mientras comía sandía y escupía las pepitas. Parecía consumido—. No sé si es porque este verano es especialmente caluroso.

—Es como todos los veranos.

—Entonces, será la casa.

—Yo estoy más cómoda que en el apartamento.

Ryo inclinó la cabeza hacia un lado.

—Pues yo tengo calor todo el tiempo y no pego ojo. Duermo dos o tres horas como mucho, justo antes del amanecer.

Observé su cara. Tenía ojeras. Algo me dijo que no debía mirarle a la cara tan fijamente. Hacía tiempo que no lo hacía. Le veía mucho más mayor, especialmente cuando le comparaba con la imagen que conservaba en la memoria. Vivíamos juntos desde hacía meses, pero fue en ese instante cuando comprendí que había evitado mirarle de frente.

—¿Por qué no tomas algún somnífero? Mamá lo hacía.

—No quiero.

—¿Por qué?

—No quiero ser como mamá.

Por mucho que quisiera, no habría podido serlo. No se lo dije, solo lo pensé. Él no quería ser como mamá y yo no dejaba de pensar en ella. Treinta años después había terminado por darme cuenta de que todos aquellos regalos de Takeji no eran para mí ni para Ryo, sino para ella.

—¿Cómo está papá?

—Le he llamado hace poco. Parece que bien.

—¿A qué se dedica?

Después de pasar por varias empresas, cuando ya había cumplido cincuenta años, decidió ponerse a trabajar con Takeji. Siempre había querido pintar, pero nunca había podido hacerlo. Cuando empezaron a llegarme encargos como ilustradora, me miraba con extrañeza. Yo nunca he tenido talento, Miyako, pero desde luego tú sí lo tienes.

No sé si tengo talento, pero al menos me esfuerzo. Papá entornó los ojos. Escúchame bien: ¿eres cumplidora? Nunca he pensado que no lo fueras.

Después de morir de mamá, papá trabajó con Takeji hasta cumplir los sesenta y cinco años. No hacía tanto que se había retirado. No tendría talento para la pintura, pero se le daba bien el papel. Incluso tenía sus propios clientes.

—Ha vuelto a pintar.

—¿Cómo?

La carne roja del pedazo de sandía de Ryo desapareció de entre sus manos.

—¿Quieres que duerma contigo? A lo mejor así concilias el sueño.

Ryo asintió con una inclinación de cabeza, igual que cuando éramos niños. Advertí la sorpresa en sus ojos hundidos.

Soñé por primera vez con mamá el día en que empezamos a dormir juntos.

No es tan raro. Al fin y al cabo, somos hermanos, le dije una sola vez.

Ryo no contestó a mi comentario. En el fondo, yo no esperaba que lo hiciera. Sabía que no podía, y aun así...

Nunca había mostrado abiertamente sus sentimientos, ni siquiera de niño. No es que fuese callado, sino que pensaba mucho las cosas antes de decirlas. Si no tocaba determinado asunto era porque le estaba dando vueltas.

Poco después de empezar a vivir juntos me habló del ataque con gas sarín.

Salí ileso, pero no dejo de preguntarme por qué. Pienso en ello todo el tiempo. En aquel instante creí que era una experiencia crucial en mi vida, pero en realidad no fue así. Ni siquiera vi de cerca a las víctimas. No hay mucha diferencia entre lo que yo viví y lo que vio la gente por la tele.

Sí conservo algo palpable de ese momento, aunque no sé muy bien qué significa eso en realidad. No he sentido nada igual en toda mi vida. Bueno, quizás alguna vez. De haber sido algo totalmente desconocido, seguramente no habría conservado memoria de ello tanto tiempo. Si uno oye una voz en la distancia, aunque sea una sola vez, vuelve a oírla y ya nunca podrá ignorarla. Es algo parecido al sentimiento que conservo de entonces. Eso siento al menos, no sé cómo explicarlo mejor. De hecho, ya no sé ni lo que digo.

Parecía avergonzarse de algo y por eso no podía dormir. Me pregunto si en sus noches de insomnio una voz lejana le llamaba desde alguna parte.

Hoy, en el año 2013, he cumplido cincuenta y cinco años. Ryo, cincuenta y cuatro. No somos demasiado mayores, pero tampoco jóvenes. Sigo sin saber dónde situarme, qué lugar me corresponde en el mundo.

A partir de aquel día dormimos juntos en mi cuarto. Al principio, su presencia me resultaba muy evidente, era consciente de todos sus movimientos, de sus suspiros, de la luz tenue de la lámpara de noche aún encendida, pero con el tiempo todo eso se convirtió en algo natural. El Ryo al que tanto quise en el pasado está ahora a mi lado, aunque mi interés por él es distinto. Solo pienso que hay un hombre de edad mediana y cansado junto a mí, un cuerpo, pero un cuerpo que resulta ser el suyo, y cuando pronuncio su nombre renace en mi interior ese amor de antaño en el que también se mezclaban la fascinación, la angustia, la entrega y la devoción.

Antes de compartir la casa con Ryo, viví con un novio. Se instaló en mi apartamento de Higashi-Matsubara y ahí se quedó con sus cosas durante casi tres años. Yo tenía treinta y cinco.

Las sábanas impregnadas de su olor me hacían sentir bien. Trabajaba por cuenta propia, como yo. A veces sus ausencias se alargaban y otras pasaba mucho tiempo encerrado en el apartamento. Trabajábamos hasta el amanecer y después hacíamos el amor, con nuestros cuerpos cansados. Nos dormíamos, y cuando despertábamos ya era por la tarde.

Abríamos los ojos, preparábamos un café y picoteábamos algo de chocolate. En general, él se hacía cargo de la comida: pasta, carne asada, sopa de pescado... Cocinaba bien, pero tenía un gusto muy distinto al de mamá. Si tengo que comer así toda la vida, me decía yo a veces, voy a terminar por cansarme. Fue entonces cuando se marchó.

Querer a mi novio y querer a Ryo eran cosas completamente distintas, pero soy incapaz de explicar esa diferencia con palabras. Nadie me lo ha preguntado hasta ahora, no se ha dado el caso. Por tanto, no me he visto en la necesidad de verbalizarlo.

Ryo también tuvo una novia. Varias, de hecho. Poco después de anunciar su intención de casarse, a mamá le diagnosticaron un cáncer. La enfermedad se complicó y el proyecto de matrimonio se desbarató. A mamá no le gustaba el hospital. Este lugar es demasiado blanco, decía con una voz al borde de la extenuación. Quiero volver a casa.

Takeji y papá se esforzaron mucho hasta dar con un médico y una enfermera que se hicieran cargo de ella. Desde hacía tiempo, en Japón era normal morir en los hospitales. Tu abuela murió en casa, pero tu abuelo en el hospital, me dijo mamá una vez con un hilo de voz. Morir es cosa del futuro lejano, replicó papá. Mamá frunció el ceño.

Los primeros días le ocultamos la enfermedad. ¿No deberíamos decirle la verdad?, le pregunté a papá. No es una extraña, se trata de mamá. Él vaciló durante un tiempo, y al final se lo dijimos.

La noticia no pareció sorprenderle. Lo imaginaba, dijo. ¿Por qué no me lo habéis dicho antes? ¿No confiáis en mí? Se enfadó mucho. Estaba desanimada y había adelgazado un montón, pero cuando se enfadaba volvía a ser la de siempre.

Ryo lo dejó con su novia. Nos hemos separado, anunció un buen día sin venir a cuento. Las cosas no iban bien entre nosotros. Es una mujer que quiere tenerlo todo organizado y planificado, dijo con una sonrisa amarga.

Después de volver a casa, mamá pasó un tiempo más tranquila. Los domingos la acompañaban Nahoko y su madre, Matsuko. No quiero más café. ¿Me harías el favor de prepararme un té bien aguado?, pedía ella con dulzura.

Poco antes de morir aún daba la impresión de conservar casi toda su vitalidad. La cortesía, la frivolidad, la indiferencia, la intimidad. Eran atributos evidentes en ella.

Escúchame: creo que he sido muy feliz y no me gustaría morir, pero me parece que no queda más remedio. Ya me he resignado.

Me lo dijo en una ocasión en que le llevaba su té aguado, como si se tratase de una broma. Sufría mucho a causa del dolor, se desfiguraba, pero cuando los analgésicos empezaban a surtir efecto se recuperaba enseguida.

A su funeral asistió mucha más gente de la que imaginaba. En la fila reservada a la familia nos sentamos papá, Ryo, Takeji y yo. La mujer y los hijos de Takeji se colocaron un poco más atrás. Todos mantenían la vista clavada en el frente. La mujer de Takeji no había ido a ver a mamá ni una sola vez durante su enfermedad. Nunca le he gustado, decía ella. De hecho, disgusto a la mayoría de las mujeres.

A mí me gustaba mamá. No había espacio en mí para el gusto o el disgusto porque ella era el paradigma de la mujer. Me gustaba tanto que ni siquiera sentía la necesidad de decírselo.

Cuando caliento el agua, por ejemplo.

De pronto, no sé dónde estoy; no sé en qué año vivo.

Estamos en 2013, y en este preciso instante estoy en el distrito de Suginami, en Tokio. La casa donde nos criamos Ryo y yo tiene casi cincuenta años. Hemos reparado las goteras, hemos aprendido trucos para cerrar las puertas y contraventanas desencajadas que tanto cuesta mover, pero aún no hemos hecho obras.

El barrio se edificó a partir de un gran lote de tierra que una empresa de ferrocarriles parceló generosamente para levantar casas individuales, y como el precio del suelo nunca llegó a subir como se esperaba, las parcelas no se dividieron en otras más pequeñas cuando empezaron a transmitirse en herencia. A veces cambiaban los inquilinos, pero el aspecto general del barrio seguía siendo similar.

No sé si será esa la razón, pero lo cierto es que a veces me pierdo.

La tapa de la tetera hace un ruido: clac, clac. Por la válvula empieza a salir un ligero vapor. Tengo el bote del té en la mano mientras aguardo el punto exacto de ebullición, pero no llega, y basta que desvíe la mirada un momento para que se ponga a hervir, como si se burlase de mí.

Sé que he echado las hojas del té en el agua caliente, pero no sabría determinar cuándo. Si me confundo, no es por el hecho de hacer té o por estar preparándolo en esta casa.

Cuando iba al colegio y corría al lado de Ryo, a menudo sentía que abandonaba mi cuerpo. Podía ver cómo corríamos desde la distancia. He leído en alguna parte que es una experiencia frecuente para mucha gente. No es nada extraño según los expertos. Sucede al tomar conciencia de uno mismo.

Era un instante de extrañeza, sin duda. Empezaba a descubrirme a mí misma.

Aún conservo esa sensación. La tenía también cuando vivía con mi novio. Viví tres años con él y pensaba que le conocía, pero en realidad solo conocía el envoltorio, no lo que había dentro. El contenido era un misterio.

No le conozco.

A menudo me sentía así.

No era tan sorprendente, pensándolo bien. Asumo mi ignorancia respecto a muchas cosas, y, a pesar de todo, me tomaba la molestia de repetir esas palabras para confirmar mi sensación de extrañeza.

Las pronunciaba: no le conozco, y entonces su cara se transformaba en un misterio, como cuando uno escribe algo una y otra vez y termina por perder de vista el sentido. Es lo que se conoce como la *descomposición de la forma,* descrita por la psicología de la Gestalt. Lo leí en un libro. ¿Será porque le miraba fijamente, sin parar? ¿Será porque lo hacía con la intensidad de alguien que jura votos?

También la palabra *amar* termina por perder su sentido. Amar fue algo que acabó por romperse en pedazos a fuerza de tanto repetirlo.

Una vez ha hervido el agua y sirvo el té, me viene a la cabeza la sensación de calor, pero no me hace falta recurrir a la palabra *caliente.* Algo desciende hacia el estómago después de atravesar la tráquea, de quemar la lengua. Algo que sienta bien, que huele bien. Basta con eso.

«¡Anda, un murciélago al estilo de Korin!», escuché a mi espalda. Debió de ser poco después de empezar a vivir juntos.

Era Ryo, pero no parecía su voz.

«¿Korin?»

Estaba mirando la pared del cuarto donde dormíamos, la misma pared empapelada con los dibujos de cuando éramos niños: un chorlito, unas hojas de naranjo silvestre, tres pinos superpuestos, dos palomas frente a frente, una insignia. Había una diferencia ostensible entre los suyos y los míos. Los suyos presentaban un trazo mucho más libre.

«Solo pintaba para divertirme», dijo. En cualquier caso, sus dibujos evidenciaban una gran concentración para un niño de su edad, un gran ímpetu, pero no demasiada finura para la observación o para la repetición en el trazo ni la paciencia imprescindible a la hora de alcanzar resultados más precisos. Sí revelaban una fuerza desbordante más allá de los límites físicos de su cuerpo. Me sorprendía incluso que hubiese sido capaz de resistir el tiempo necesario hasta completarlos.

«Eso es. Un murciélago como los de Korin, el famoso pintor del periodo Edo.»

Me quedé boquiabierta, y él se extendió en explicaciones. Es el dibujo que estampamos en los platos de nuestra empresa. Estuvo muy de moda durante el periodo Edo y se reprodujo en toallas, vajillas... Parece un Batman pero un poco más mono, ¿no crees? Fue un ceramista quien nos propuso imprimirlo en los platos, y desde luego fue una gran idea, porque ha sido todo un éxito en el extranjero. Cuando lo vi por primera vez en uno de los platos, me di cuenta de que lo había visto antes en alguna parte, y ahora caigo. Estaba aquí, en la pared, en este cuarto. Lo había pintado yo, aunque un poco torcido y algo más alargado.

La historia del murciélago me hacía gracia. Yo también lo miré un rato detenidamente. ¿Cuántas veces lo había visto allí, frente a la cama, a la altura de los ojos cuando me tumbaba? Estar con Ryo bajo el mismo techo no dejaba de causarme cierta perplejidad, a pesar de ese murciélago tan familiar, con sus alas extendidas dibujadas con un trazo libre y que parecía a punto de levantar el vuelo, de ponerse a batirlas para rasgar el aire de la noche.

«¿Quién era ese Korin, por cierto?»

No lo sé. Ryo se burló de mí. ¿Y tú eres la dibujante? ¡No puede ser!

La cara difunta de mamá era muy hermosa. Mientras aún vivía, por el contrario, *hermosa* era una palabra que encajaba bien con ella.

«Me atrae mucho.» Se lo escuché en una ocasión a un amigo de papá que había venido de visita. Se lo susurró al oído a otro amigo suyo.

Hablaban de ella y no sabían comportarse, porque cuando se emborracharon empezaron a tocarle el culo a escondidas y a susurrarle cosas al oído. «¡Qué atractiva es tu mamá!», dijeron más tarde en un tono de voz ridículo.

«Mamá gusta mucho a los hombres», le dije a Ryo cuando aún estábamos en secundaria. En su rostro apareció una mueca de desprecio: «A mamá le gusta manejar a los hombres», dijo él.

«¿Tú crees que es guapa?»

«No. Guapa no. Atractiva. Es lo que dicen los hombres.»

Dijo *hombres* con el gesto torcido y la mueca de desprecio. Estaba celoso, pero a papá le sucedía justo lo contrario. La situación casi le divertía.

De vez en cuando miro las fotos de mamá. Si la comparo con las japonesas del siglo XXI, parece una mujer muy antigua. Tiene la espalda recta, los pies siempre juntos formando un perfecto ángulo recto con las piernas; las manos en la cintura, la barbilla un poco levantada en un gesto arrogante típico suyo, las cejas ligeramente arqueadas. En todas las fotos sale con la misma pose, y cuando las contemplo me da un poco de vergüenza. Parece una actriz de cine.

Y entonces caigo en la cuenta. Tal vez se creía algo. ¿Qué? No sé si fingía a propósito o si aspiraba a algo incluso sin saberlo.

—¿Vivirán todavía esos hombres a los que tanto atraía? —le pregunto a Ryo.

Él permanece un rato callado.

—La mayoría estarán muertos, imagino.

—Pero papá vive. Y Takeji.

—Esos dos fracasaron con mamá —dice Ryo de un modo extraño, misterioso.

—¿Quieres decir que ninguno de los dos llegó a quererla?

—No. Creo que superaron la fase de querer y no querer. Siempre estuvieron demasiado cerca de ella, y ella acostumbraba a romperlo todo.

A veces Ryo se refiere a mamá como *ella,* igual que los hombres que venían a casa de visita.

Papá y mamá / Nahoko

Los días de lluvia el tictac de los relojes se oye mucho.

En un primer momento pensé que si me olvidaba de ellos terminarían por pararse, pero los he oído durante años, desde que volví aquí con Ryo, así que un buen día me decidí a abrir el candado de la puerta.

La llave estaba guardada en el fondo de un cajón de la cocina. No era un secreto para nadie. Ryo había debido de dejarla allí. Fue él quien puso el candado a la puerta.

Ese cuarto había sido el suyo.

«Este cuarto...»

El día de la mudanza, Ryo estuvo a punto de decir algo, pero se quedó a la mitad. Me hubiera gustado ver su cara, su gesto al decir esas palabras, pero no levantó la vista del suelo. Solo alcancé a ver sus pestañas. Temblaban ligeramente. No sé si pensaba en algo o tan solo parpadeaba.

«Este cuarto lo cerraremos», dijo poco después, aunque quizás no tenía intención de decir eso en un primer momento.

El candado se abrió sin más. Enseguida noté un intenso olor a humedad. Abrí las ventanas de par en par para airear, y la bocanada de aire fresco agitó los bajos de la colcha de la cama. Ryo se había marchado de casa unos meses antes que yo. Los péndulos de cuatro relojes se movían con sus sonidos regulares. Nada más independizarse, papá convirtió su cuarto en el de los relojes. Dispuso todos los de pulsera en un determinado orden, después los de mesa y, por último, los de pared; era así como se entretenía. En su momento me sentó mal: daba la impresión de que se alegraba un poco de la marcha de Ryo.

Cuando papá se mudó a un apartamento tras la muerte de mamá, se llevó la mayor parte de su colección de relojes. Solo dejó cuatro.

Durante mis visitas, los veía colocados encima de la misma mesa donde habían estado en esta casa. Era una mesa enorme, para diez personas al menos.

De niños, mientras aún vivía mamá y venía mucha gente a nuestra casa, la mesa solía estar cubierta de platos que ella misma preparaba. Los platos calientes hay que comerlos antes de que se enfríen; los fríos, da igual, decía en el transcurso de sus idas y venidas a la cocina, como si entonase una cancioncilla.

Encima de la mesa solo había despertadores. ¿Qué has hecho con todos los relojes de pulsera?, le pregunté a papá. Sacudió la cabeza. Los he tirado. También me he deshecho de la mayor parte de los de pared, pero dejé uno negro y otros tres más en casa. Son modelos poco corrientes y a mamá le gustaban mucho. Pensé que si me los llevaba quizás ella los echaría de menos.

Mamá está muerta. ¿Cómo va a echarlos de menos?, repliqué. Pero sí, quizás sí, tal vez los echaría de menos. Cuando alguien le quitaba alguna de sus cosas favoritas se enfadaba mucho. Más que echarlos de menos se habría enfadado, sin duda. Al pensarlo así, comprendí que también él la echaba de menos.

Descolgué los relojes y los abrí. Sentía el viento entrar por la ventana. Todos escondían una pila grande en su interior. Era un misterio que hubieran funcionado todos esos años únicamente con esas pilas. Se lo comenté a Ryo por la noche y me lo aclaró.

Las cambio yo. Fue lo único que me pidió papá. Lo dijo como si nada, pero yo me quedé muda por la sorpresa.

Al entrar en el cuarto de Ryo después de tanto tiempo, me llamó la atención el intenso olor a humedad. Había imaginado una atmósfera más densa, casi secreta.

Coloqué la colcha de la cama, pasé un dedo por la estantería cubierta de polvo y elegí un libro al azar.

La cubierta verde lucía la ilustración de un cocodrilo. Nunca lo había visto, ni siquiera cuando Ryo todavía ocupaba la habitación. A lo mejor lo habían dejado allí mamá o papá por puro capricho. La librería estaba casi vacía, parecía muy vieja.

Volví a estirar la colcha y dudé unos instantes si sentarme o no, pero al final desistí.

Cerré la ventana, corrí las cortinas, dejé el libro en su sitio y salí después de suspirar un par de veces. Antes de cerrar la puerta me di media vuelta. Ni rastro de Ryo, como había imaginado. No del actual, sino del Ryo del pasado.

Cerré el candado y oí un clic-clac. Me produjo una sensación agradable, como la que produce algo cuando encaja como debe. Un ser vivo jamás encajaría en las concavidades y convexidades de un candado, y, al mismo tiempo, solo esas concavidades y convexidades fabricadas por la mano del hombre pueden provocar esa sensación de ajuste perfecto.

Por la noche corté repollo muy fino. A Ryo no le gusta nada. Huele a bichos, se queja siempre mientras lo aparta del plato. Quería preparar algo que no le gustase. Bueno, quizás no lo hice de manera consciente, pero intentaba sacudirme un sentimiento sombrío del que no me podía zafar. Quizás por eso corté una enorme cantidad de repollo.

Ryo se lo comió casi todo, y también las empanadillas de carne picada.

«Pensaba que lo odiabas.»

Ryo sacudió la cabeza.

—¿En serio? Sería cuando era pequeño. Se me había olvidado.

La salsa para el repollo olía ligeramente dulce. Le miraba masticar y mi corazón se aceleraba. Atrapé un bocado con los palillos, y cuando me lo llevé a la boca se escuchó un leve crujido. El sabor de la empanadilla de carne borró pronto el dulzor del repollo, que acabó convertido en una amalgama de fibra vegetal. A veces me ocurre que no capto el sabor de la comida.

«Las empanadillas están buenísimas.» Era yo quien se quedaba en casa y cocinaba, pero a él también le gustaba. Siempre ayudaba a mamá. Más que yo, de hecho. Yo prefería hacer los recados, dedicarme a limpiar el jardín. A Ryo le divertía pelar patatas y cortar las verduras para el arroz frito.

«Encárgate tú de la cena del domingo, ¿de acuerdo?»

«De acuerdo.»

Durante nuestra breve charla me acordé de lo ocurrido aquel verano como si tan solo se hubiese tratado de una ilusión. ¿No había sido precisamente eso, una ilusión?

Años después de marcharme de la casa seguía acordándome de aquella noche de verano. Daba igual si me pillaba corriendo, de compras o leyendo un libro. Pero ahora, por el contrario, había empezado a olvidarla poco a poco.

El recuerdo del tiempo que pasé alejada de Ryo estaba más vivo, más a flor de piel. Pero al volver a vivir juntos, los recuerdos se solaparon, se confundieron, porque la imagen del Ryo envejecido que tenía frente a mí terminaba por mezclarse con la del pasado, y las imágenes más pesadas de antes se hundían en las profundidades.

A veces la nostalgia me devuelve a la memoria algunos buenos momentos del pasado. Sí, sucedió una noche de verano.

Una cigarra cantaba a lo lejos. El tictac de los relojes se superponía. El viento había amainado y Ryo sudaba mucho.

«Vuestro padre no es en realidad vuestro verdadero padre», nos soltó Takeji un buen día.

Yo estaba en mi primer año de instituto. Ryo en tercero de secundaria.

«Imagino que ya lo sabíais.»

Hablaba con desenfado, sin gravedad alguna.

«Vuestro papá no es el marido de vuestra mamá.»

Ni Ryo ni yo entendimos al principio el significado de sus palabras.

«¿Qué?»

Formulé la pregunta como si el aire de mis pulmones hubiera explotado de repente. Takeji se quedó perplejo.

—¿No lo sabíais?

—No entiendo lo que quieres decir —dijo Ryo.

También hablaba de manera desenfadada, como Takeji. Debía de pensar que se trataba de una broma. Takeji solía burlarse de nosotros de vez en cuando.

—Ellos son hermanos.

—¿Quiénes son ellos?

—¿Hermanos?

Ryo también empezó a hablar como si le explotase el aire en los pulmones. Tanto mi forma de decir «hermanos» como la suya de decir «ellos» sonaron como simples ruidos sin un verdadero significado detrás.

«Ellos. Vuestro papá y vuestra mamá. Hermanos. Quiero decir que papá es el hermano mayor de mamá y mamá la hermana pequeña de papá. Escuchadme: papá iba a hacerse cargo del negocio de los abuelos, pero se fue de casa cuando era joven y por eso vine yo...»

Takeji continuaba su explicación en un tono aún más ligero. Ryo y yo nos miramos. Nos preguntábamos sin palabras si aquello sería cierto.

«Como no son marido y mujer, solo se decidieron a vivir juntos después de nacer Ryo. ¿A que no tenéis fotos de pequeños con papá?»

¿Era verdad eso? Miré a Ryo de nuevo. Ante mis ojos desfilaron las imágenes del álbum familiar. La mayor parte de las fotos de nuestra infancia eran en blanco y negro. Estaban prendidas en las páginas del álbum por las cuatro esquinas con un papel adhesivo medio despegado y parecían a punto de ir a desprenderse en cualquier momento.

Voy a buscar el álbum, dijo Ryo. Se puso de pie con un movimiento brusco.

Pasamos todas las páginas sin dejarnos una sola. Nuestras tres cabezas estaban muy juntas. Era cierto. Papá no aparecía en las fotos.

La primera en la que se nos veía a los cuatro juntos era a color.

«¿Recordáis algo de él cuando erais pequeños?»

Por supuesto que sí, me disponía a contestar, pero vacilé.

Era mamá quien jugaba al pillapilla con nosotros, quien se agachaba para sonarme la nariz, quien le daba un azote en el culo a Ryo cuando se portaba mal. Era a ella a la que el viento arrebataba el sombrero en el parque. Mamá recogía flores en el jardín y las arreglaba en un jarrón de cristal. Mamá nos daba siempre la espalda porque caminaba muy deprisa.

En mi memoria solo estaba el recuerdo de su cuerpo.

«A lo mejor papá estaba trabajando.»

Dije eso en lugar de admitir que no conservaba recuerdos suyos, aunque no cambiaba nada.

«Esta casa se la compraron los abuelos a vuestra madre y en un principio vivíais solos los tres: vuestra madre, Miyako y Ryo. Vuestro padre llegó más tarde.»

Llegó. Llegó. Qué forma más extraña de decirlo, pensé distraída.

«Quizás él no quería volver, pero seguramente se decidió porque no sabía qué hacer...»

Takeji no abandonaba el tono ligero de su charla.

Al día siguiente, Ryo y yo seguíamos sumidos en un estado de perplejidad, hasta que él dijo de repente: «Deberíamos celebrar una reunión, definir una estrategia. Hacerlo en esta casa no me parece apropiado, mejor vamos a una sala de la biblioteca». Lo decidió todo él sin contar con nadie.

La sala de la biblioteca municipal era diáfana y luminosa. Tenía muchas sillas dispuestas en perfecto orden, y, a pesar de todo, no me parecía un lugar adecuado para convocar una reunión motivada por remordimientos. Demasiada luz.

La reunión se desarrolló entre murmullos.

—Si papá es el hermano mayor de mamá, eso significa que en realidad es nuestro tío, ¿no?

—Y nosotros le llamamos papá...

—Bueno, eso da igual, creo.

—No da igual.

—De todos modos, existe una relación biológica entre nosotros, por mucho que no sea tan directa como la de un padre de verdad.

—Eso es cierto.

—Desde un punto de vista genético, papá y mamá son muy cercanos, ¿no?

—No me parece que se trate de eso. ¿Dónde está nuestro verdadero padre?

Nuestro verdadero padre. Esa era la cuestión principal, por supuesto. Ninguno de los dos dejamos de susurrar en ningún momento. No sé por qué, pero no le reprochábamos nada a papá, que siempre se había comportado con nosotros como un verdadero padre. No estaba tan mal después de todo, aunque tampoco era perfecto.

—¿Por qué Takeji nos ha contado todo esto?

—No lo sé, pero no creo que hayan ocultado la verdad pensando en nosotros.

Era cierto.

Nuestra familia no se caracterizaba precisamente por decir las cosas con rodeos. Lo lógico era que nos hubiesen contado la verdad mucho antes.

—Seguro que no lo han hecho a propósito, solo pura dejadez.

—Entonces Takeji nos lo ha contado sin pensar.

Nos miramos. Era muy probable. Una familia que no se toma la molestia de decir la verdad a los niños, sino que se conforma con esperar a que surja la oportunidad de hacerlo. La nuestra encajaba con esa definición, y, dada la cercanía de Takeji, seguro que él también.

Concluimos que lo mejor sería no preguntar demasiado. Si insistíamos en conocer la verdadera identidad de nuestro padre, mamá y papá terminarían por ignorarnos, seguro. Ambos tenían un espíritu muy contradictorio.

«¿Por qué no nos lo dijiste antes?»

Se lo pregunté a Takeji mucho tiempo después.

«¡Ah, sí! También yo me lo he preguntado muchas veces.»

Su respuesta me sorprendió: «No lo sé. Tan solo se me escapó. No había una razón especial para decíroslo en ese momento». Era la clase de respuesta que cabía esperar de él.

«Creo que estaba confundido.»

«¿Confundido?»

Al oír sus palabras repetidas en mi boca puso cara de no saber qué decir. No me dio más explicaciones, y tampoco yo se las pedí.

No lo recuerdo, pero a lo mejor dije que en ese caso era mejor esperar para conocer la verdadera identidad de nuestro padre.

Teníamos una vaga idea de quién podía ser. Y no nos equivocábamos.

Rebusco en mi memoria y encuentro recuerdos de Nahoko por todas partes, igual que cuando miro al horizonte y veo árboles por aquí y por allá.

Frecuenté su casa durante una época. Vivía mucha gente allí. Yo solía ir porque la sobrina de Matsuko, su madre, o sea, la prima de Nahoko, quería aprender a pintar. Se llamaba Kaoru y era cinco años menor que yo. Yo estudiaba Bellas Artes en la universidad, pero no creía haber adquirido aún el conocimiento y la técnica suficientes como para enseñar a nadie. A pesar de todo, iba una vez por semana, atraída por el dinero que me ofrecía aquella familia rica.

Kaoru era muy guapa. Después de enseñarle a bosquejar frutas, verduras, objetos varios que había sobre la mesa y paisajes, llegó el momento de abordar el retrato.

Intenta pintar tu autorretrato, le dije un buen día. Kaoru frunció el ceño. No se me da bien pintarme a mí misma.

No pienses que es tu cara, piensa que es la de otra persona. Y así empezó a mover la mano lentamente. Dibujó el contorno, añadió los ojos, la nariz, luego unas sombras, pero el resultado final no se parecía en nada a un rostro humano. Como mucho, a alguna de las verduras tantas veces repetidas.

Mientras Kaoru se esforzaba con su autorretrato, yo aprovechaba para hacer bosquejos. Desde cualquier ángulo que la mirase, su cara era igual de hermosa.

Sus esfuerzos no tardaron en plasmarse en algo parecido a un rostro humano. Ya está, dijo. Se acercó para enseñármelo. ¡Cómo!, exclamé.

«¿Por qué te has dibujado así?»

Sacudió la cabeza.

«A mí me parece que está más o menos bien.»

«Sí, pero no se te parece en absoluto.»

«¡Claro que sí, es mi cara!»

La cara que había dibujado era la de Nahoko.

«No se trata de si me gusta a mí o no. El retrato debe ser lo más fiel posible al original.»

«Pues a mí me parece muy fiel.»

Normalmente era una estudiante aplicada que nunca llevaba la contraria, pero en ese momento se negaba a dar su brazo a torcer.

En total dibujó tres retratos: uno de frente y dos de perfil. Los tres eran Nahoko. De ella, ni rastro.

Esa niña capaz de dibujar con tanta precisión a una Nahoko ausente me atemorizó un poco. ¿Tanto te gusta Nahoko?, le pregunté abiertamente.

«¿Pero qué dices?»

Esa fue su única respuesta.

Años más tarde, Kaoru se matriculó en la facultad de Ciencias. Guardé sus autorretratos porque a ella seguían sin gustarle, hasta que en una ocasión se los enseñé a Nahoko. ¡Si es Kaoru!, dijo con los ojos como platos. ¡Es igualita! De verdad pintas muy bien, Miyako.

Nahoko siempre sonreía.

En realidad, no lo hacía, solo que su expresión normal parecía dibujar una sonrisa.

«No son míos. Lo hizo Kaoru.»

Nahoko sonrió, aunque quizás solo se trataba de su expresión de siempre. Nunca he sabido determinar a cuál de las dos opciones atribuir su gesto.

«Entonces, ¿es un autorretrato?»

«Sí, pero no me parece muy fiel.»

«¿De verdad?»

Nahoko examinó los dibujos detenidamente. Su gesto y el del dibujo parecían por momentos imágenes duplicadas, pero pronto empezaban a diferenciarse hasta convertirse en dos cosas distintas.

La expresión sonriente de Nahoko nunca llega, sin embargo, a transmitir calidez. Eso no significa que sea infeliz. Su sonrisa y el significado profundo de ese gesto suyo son cosas independientes. No tiene nada que ver con eso, pero a mí Nahoko siempre me ha gustado.

Hasta terminar la secundaria venía a casa todos los veranos. Cada día, íbamos los tres juntos en bici a la piscina municipal y volvíamos por la tarde, cuando el calor daba un respiro. Nahoko y Ryo pedaleaban sobre las dos únicas bicis que teníamos, y yo siempre montaba detrás con alguno de ellos. El trasportín era muy duro, y como la calle no estaba asfaltada me dolía el culo. Si era Ryo a quien agarraba por la cintura, se quejaba de cosquillas. Nahoko, por el contrario, siempre me decía que me sujetase fuerte.

«Si no, me desequilibras.»

Abrazaba su cintura fina, apoyaba la cara en su espalda y escuchaba el palpitar de su corazón. A la ida, sus latidos eran rápidos. En el regreso, más lentos.

Nahoko hablaba en sueños.

Dormíamos la siesta los tres juntos en la habitación de tatami. Nahoko usaba un cojín a modo de almohada, Ryo nada y yo una pequeña toalla amarilla para taparme. Nuestras cabezas, pegadas unas a otras al principio, se iban separando poco a poco.

Eran siestas cortas, pero caíamos en un sueño profundo. Nahoko hablaba y nos despertaba.

En sus sueños discutía con alguien, pero eran discusiones agradables. Ryo y yo escuchábamos atentos, con cuidado de no despertarla. A veces costaba captar el sentido de sus palabras, su respiración era agitada y se entremezclaba con risas.

Cuando la discusión alcanzaba el punto álgido se despertaba sobresaltada. Nos miraba atónita, porque no le quitábamos los ojos de encima. Parpadeaba.

«¿Dónde estoy?»

«En casa.»

«¿En casa? ¿En casa de quién?»

Con nosotros, en nuestra casa, dónde si no, decíamos al unísono. La misma escena se repetía cada tarde. Se levantaba sin fuerzas y se arreglaba el pelo con la mano. Tenía la nuca sudada, la pelusilla ligeramente rizada formando caracolillos.

«Tienes la marca del cojín», le dijo Ryo una vez.

Nahoko se palpó las mejillas. Es verdad, contestó distraída.

Fuimos al baño para que se mirase en el espejo y nuestras caras se reflejaron muy juntas. En la de

Nahoko se veía claramente la marca del cojín. En la de Ryo y la mía, las rayitas del tatami. ¡Tienes marcas, tienes marcas!, decíamos alborotados. Estábamos en secundaria, pero aún nos comportábamos como niños. Ryo intentaba ser como los chicos de su edad, silencioso y un poco malhumorado, pero durante las vacaciones de verano con Nahoko volvía a ser el niño de primaria de hacía poco.

No sé si era por eso, pero cuando Nahoko se marchaba Ryo y yo nos quedábamos un buen rato sin saber qué hacer. Con el paso de los minutos volvíamos a ser los de siempre, pero hasta entonces teníamos la sensación de haber caído en un abismo.

Para llenar el vacío dejado por Nahoko nos acercábamos el uno al otro, nos dábamos la mano, nos tocábamos los brazos o nos acariciábamos el cuello con los dedos.

Pero en cuanto salíamos del abismo nos apartábamos de golpe, sorprendidos de nuestro extraño comportamiento. El cuerpo de Ryo, que tan bien me hacía sentir, se convertía de repente en el de un chico sudoroso normal y corriente. También el mío desprendía el ligero aroma de una chica joven a medio hacer en pleno verano.

Matsuko, la madre de Nahoko, nos resultaba más maternal que nuestra propia madre. A veces venía con su hija y se quedaba un par de noches en casa. La mañana del tercer día se marchaba ella sola sin dejar de agitar la mano y con una expresión un poco triste.

No sé por qué, pero se creaba una atmósfera extraña cuando mamá y Matsuko tomaban el té juntas. Al principio no entendía mi confusión ante una escena tan cotidiana, dos mujeres tomando el té, pero con el tiempo terminé por comprenderlo.

A mamá le divertía hablar con otra mujer.

En algún momento, creía recordar, me había dicho que no gustaba a las mujeres, y era verdad. Jamás la había visto con una mujer sin notar cierta tensión en el ambiente.

«La madre de Nahoko es increíble, ¿no crees?», me dijo Ryo en una ocasión.

En ese momento aún no había descubierto la verdadera razón de mi perplejidad, y por eso no supe a qué se refería con ese comentario.

Matsuko tenía las mejillas rellenas, la piel muy blanca. Sigue viva y, aunque ha envejecido, como es natural, todavía conserva una espontaneidad y una frescura muy poco habituales en las mujeres de su edad.

«Tengo envidia de Nahoko», murmuraba Ryo a veces.

«¿Y eso por qué?»

Se lo pregunté y él hizo un gesto de desdén.

—¿Qué pasa, tú no le tienes envidia?

—No especialmente.

—¡No te enteras de nada!

Le lancé una mirada furiosa. Su respuesta me había molestado realmente. ¿Por qué no me enteraba de nada? No lo entendía y no lo entendí durante mucho tiempo. En general, no llegaba a entender bien las cosas. Menos que Ryo, de hecho.

Cuando Nahoko acompañaba a su madre siempre tenía un aire de estar perdida. Si estaba sola, por el contrario, se mostraba majestuosa.

«¿Quieres a tu mamá?», le soltó a Ryo un buen día.

Él entornó un poco los ojos.

«No entiendo muy bien qué significa ser mamá.»

Yo no sabía desde cuándo Ryo acostumbraba a responder tan cortante.

Nahoko se lo tomó a broma.

«No entiendo muy bien qué significa ser mamá... Es una buena forma de decirlo», repitió Nahoko mientras se apartaba un mechón de pelo de la cara.

Ryo no lo dijo porque no lo entendiese en realidad o por una especie de respeto general hacia el ser humano al margen de la condición de padres o madres. Lo dijo porque lo sentía de veras. Yo lo sabía, aunque no llegase a entenderlo.

Ryo no quería a mamá y al mismo tiempo no había nadie que la quisiera más que él. Sentía ambas cosas a un tiempo.

—¿Y tú, Miyako?

—Yo sí la quiero —dije.

Mi respuesta no solo me parecía satisfactoria, es que no tenía el más mínimo reproche que hacerme.

«¡Vamos a merendar!», dijo mamá.

¡Qué hambre! Nahoko se rio de la reacción de Ryo, aunque es muy posible que su cara no mostrase expresión alguna. Ryo corrió hacia mamá y se lanzó a sus brazos, a pesar de que esas actitudes ya no eran propias de un chico de su edad. Me sentí como si hubiera presenciado algo que no debía haber visto y me senté la última a la mesa.

Ryo era muy astuto, pensaba yo, con ese ir y venir entre el niño que había sido y el que ya no era. Me miró mientras se metía entero en la boca el helado de la merienda. A principios del verano, mamá preparaba helado de mermelada de albaricoque y lo guardaba en botes en el congelador. Tenía un sabor complejo, tenaz.

Nahoko dejó de venir a casa en las vacaciones de verano y pasaron varios años sin que supiéramos nada de ella. En la época del instituto y la universidad estuve muy ocupada, aunque ahora ya no recuerdo bien qué hacía. Solo me acuerdo de lo relacionado con Ryo.

Poco a poco, casi imperceptiblemente, sus brazos y piernas fueron haciéndose nervudos, su cuerpo se estiraba sin parar. Conservaba el olor de la adolescencia, pero su cuerpo se endurecía y su temperatura aumentaba. Al mismo tiempo, el mío se ablandaba sin remedio. En la superficie, por el contrario, todo continuaba en aparente calma. Se apuntó a un club estudiantil de observación meteorológica. Compartían la sala con el club de astronomía, pero papá me explicó que, como eran dominios bien distintos, apenas hablaban entre ellos.

Desde que había empezado el instituto, Ryo y yo apenas hablábamos. Yo mantenía conversaciones con mamá y él con papá. Esa era la atmósfera habitual en casa a la hora de sentarnos a la mesa.

Solo nos juntábamos para el desayuno de los domingos, mucho más generoso de lo habitual: pan recién tostado con mucha mantequilla, huevos revueltos y la especialidad de mamá: mermeladas de manzana, ciruela, naranja amarga, *yuzu,* cerezas e incluso uvas. El té rojo siempre caliente perfumaba el comedor con su delicioso aroma. Ryo lanzaba sus palillos a por las zanahorias dulces cocidas, después a por el salteado de espinacas. Ponía encima del pan un huevo revuelto y un poco de beicon crujiente, lo doblaba y le daba un gran bocado.

Nunca dejaba de sorprenderme esa manera suya tan peculiar de comer. A mí se me caían migas por todas partes y me costaba beberme el té porque me quemaba la lengua. Por mucha atención que pusiera en atrapar la ensalada con los palillos, no podía evitar que se resbalara.

«Uno podría alimentarse debajo de la silla de Miyako. Podría vivir ahí una familia entera de gnomos.»

Mamá nunca perdía la oportunidad de reírse de mí.

No es que en esa época Ryo estuviera de mal humor, pero se limitaba a agachar la cabeza, como si le avergonzara el estirón permanente de su cuerpo y su mayor deseo fuera no verse obligado a mirar de frente al mundo.

Ryo volvió a encontrarse con Nahoko cuando yo acababa de matricularme en la facultad de Bellas Artes.

«Me ha dicho que tiene ganas de verte.»

Se cruzaron en Shinjuku, donde él iba a clases de apoyo para preparar el examen de acceso a la universidad. Le llamó la atención una chica que fumaba mientras caminaba. Era Nahoko. La llamó por su nombre y ella le devolvió una mirada áspera. Sin embargo, en cuanto se dio cuenta de que era él, su expresión volvió a ser la de cuando era niña.

«¿Así que ahora fumas?»

«Sí, ya sé que no es bueno para la salud, pero estoy enganchadísima.»

Lo dijo con cierto orgullo, con su media sonrisa de siempre.

¿Por qué se sentía tan orgullosa? Ryo no dejaba de preguntárselo, divertido.

Mientras asistía a las clases de apoyo, el mutismo que lo había caracterizado en el instituto fue desapareciendo, ya no se encerraba tanto en sí mismo. Volvía a hablar con mamá y conmigo con normalidad. Nos había evitado durante mucho tiempo, y no por una decisión consciente, sino arrastrado por una especie de determinismo que parecía imponerle su cuerpo.

«¿Ha cambiado mucho?», le pregunté.

«No sé qué decirte.»

¿Desde cuándo tenía Ryo las cejas tan pobladas? Me sorprendí al reparar en ello. En ese largo periodo de desencuentro sus rasgos habían cambiado mucho. Observé las líneas bien definidas de su rostro y pensé: ¡qué lástima! ¿Por qué no habré prestado más atención mientras cambiaba? Debería haberlo hecho, haberle estudiado, incluso haberle dibujado para conservar cada una de las fases de su mutación.

Hemos vivido bajo el mismo techo…, dije sin querer, casi en un susurro. Ryo puso gesto de extrañeza. La distancia entre nosotros variaba constantemente, creo yo, condicionada por mis grandes expectativas. ¿Espera algo de mí? Seguro que sí. Nuestros sentimientos se enredaban, se superponían, flotaban en el espacio-tiempo a medida que pasaba. Así era exactamente como habíamos llegado a ese punto: flotando. Por mi parte, me contentaba con observarle en silencio.

En la época de la universidad, cuando Nahoko y yo retomamos el contacto, mi interés por mi hermano ya no era el de siempre.

Si quedábamos, la mayor parte de las veces se presentaba con alguna chica.

«¿Por qué apareces siempre con una chica?», le preguntó Nahoko en una ocasión.

«Es que no sé de qué hablar», dijo él sin molestarse en dar más explicaciones.

«Pues en ese caso tampoco hace falta que te molestes en venir —dijo ella—. Además, a tu hermana la puedes ver en cualquier momento.»

«Vivimos juntos, pero tampoco nos vemos tanto.»

Sonaba raro, pero era cierto. El grupo que formábamos papá, mamá, él y yo se había disgregado. Tratábamos incluso de no rozarnos, como queriendo evitar todo contacto físico. Excepto con mamá. Con ella era distinto.

Lo que quiero decir es que resultaba imposible huir de ella. Me llamaba y mi cuerpo entero parecía absorbido por arena fuliginosa, atraído por un potente imán. Llamaba a Ryo y él terminaba por acercarse a pesar de su rechazo inicial. Papá era el único que lograba mantener cierta distancia, pero en su aparente despreocupación no siempre vencía a su resistencia.

Como contrapartida, por decirlo de alguna manera, papá y yo intentábamos no hablarnos, ni siquiera mirarnos. Nos fingíamos transparentes, gravitando en torno a mamá, la única persona con sustancia suficiente capaz de atraernos.

Ryo cambiaba de chica muy a menudo. Todas eran guapas, todas sin demasiada personalidad, excepto una que sí producía una fuerte impresión. Se llamaba también Nahoco, aunque su nombre se escribía con unos ideogramas distintos a los de nuestra amiga.

«Tú no hablas, Nahoco —le reprochó Nahoko en una ocasión—. Más bien gritas».

Me pareció que había dado en el clavo.

Cuando Nahoco se dirigía a Ryo, utilizaba a veces el sufijo honorífico. El resto de las chicas, todas esas beldades sin personalidad, se contentaban con llamarle Ryo. Nunca dejó de asombrarme que ella dijera: Ryo-san.

Ryo le contestaba sin más observaciones por su parte. De entre todas las novias que le habíamos conocido, por lo general muy discretas, ella era quizás la más parca en palabras.

Pero gritaba cuando no quería hacer algo. Primero pronunciaba un «no» con su tono de voz normal, profundo y grave. Su cuerpo entero parecía una negación.

«Es una chica extraña.»

Se lo dije a Ryo al oído porque fue la única manera que se me ocurrió de hacerlo. Salió mucho tiempo con ella, según tengo entendido, aunque no estoy segura; a partir de cierto momento dejó de aparecer.

«¿No será que es ahora cuando han empezado a salir en serio?», preguntó Nahoko.

Sentí una punzada en el corazón. No era dolor, era el descubrimiento involuntario de la existencia de una herida, como si al tomar conciencia de ella se hubiera vuelto dolorosa.

Los gritos de Nahoco podían ser hermosos. Nunca he vuelto a escuchar nada igual. Me preguntaba si gritaría así cuando hacían el amor. Tenía envidia, pero no sabía de qué en realidad. ¿Envidiaba a Ryo por disfrutar de esa voz? ¿O la envidiaba a ella por poder gritarle a él de esa manera?

Después de terminar la universidad, de nuevo pasé mucho tiempo sin ver a Nahoko. Cumplimos treinta años, ella se casó y tuvo dos hijos.

Nos reencontramos al cabo de mucho tiempo, en el séptimo aniversario de la muerte de mamá.

«No vamos a celebrar ninguna ceremonia», repetía siempre papá en esas ocasiones. Sin embargo, Takeji se encargaba de todo. Parecía ignorar el firme propósito que se había hecho papá a partir del tercer aniversario. O al menos fingía haberlo olvidado.

«No tenemos demasiada familia», se lamentaba Takeji. De hecho, solo nos reuníamos los cuatro:

papá, Ryo, Takeji y yo. La mujer de Takeji siempre se excusaba.

«No pienso organizar ninguna ceremonia», insistía papá.

Fue Ryo quien sugirió que invitásemos a Nahoko y a su madre.

El día del funeral de vuestra madre nos marchamos todos enseguida. Podíamos aprovechar esta ocasión para cenar todos juntos. Fue Takeji quien lo propuso en el transcurso de una reunión previa, la primera después de Año Nuevo.

«De todos modos, ya le he pedido al monje que venga», dijo sin más preámbulos. Papá no dejaba de sacudir la cabeza.

«Ya habíamos decidido que la ceremonia del tercer aniversario sería la última.»

«No. Eso lo decidiste tú. A mí me parece que debemos rendirle homenaje.»

Al final resolvimos ir al templo para la lectura de los sutras, y después invitaríamos a Nahoko y a su madre a un restaurante de comida china. El día en cuestión, llovía. Nos juntamos los seis. Nahoko lucía su media sonrisa de siempre. Matsuko, el pelo blanco.

A partir de entonces, Nahoko y yo volvimos a vernos a menudo. Su media sonrisa era como un agujero, un agujero blanco. Una sonrisa luminosa sin sombra, indescifrable, ambigua. Era imposible saber si ocultaba algo o no. A menudo la acompañaba Kaoru. Se parecían mucho. Me preguntaba si siempre se habían parecido tanto. ¿No era aquel viejo autorretrato una especie de premonición?

La casa hoy

Oigo a lo lejos el murmullo de la radio de Ryo.

«¡Ryo!»

Le llamo. Es la hora de la cena. Está atento a la radio que hay encima de la mesa, inmóvil. Levanta la cabeza. Tiene ante él un mapa del tiempo desplegado. Acaban de dar la previsión meteorológica.

«¿Qué tiempo hace en Naha?»

«Viento sur-suroeste fuerza 2. Despejado. Presión atmosférica: 1.004 hectopascales, 27 grados.»

Suelta la información de golpe. Ha anotado todas las referencias en el mapa, añadiendo las flechas de la dirección del viento. En Naha, Okinawa, dos líneas hacia abajo terminadas en punta de flecha y un pequeño círculo blanco alrededor.

—¿Hará falta paraguas mañana?

—¿Vas a algún sitio?

—No, en realidad no tengo nada especial que hacer...

Ryo se ríe de mi respuesta y vuelve a dibujar isobaras en el mapa.

—Quizás haya tormenta.

—¿Es una suposición?

—Sí. De todos modos, no acierto tanto.

—Pues sería una verdadera molestia.

Vivimos en la casa sin ocuparnos mucho de ella, a pesar de su evidente deterioro. El terremoto le afectó mucho, y las puertas y las ventanas ya combadas acabaron desencajándose por completo. También los pilares de madera se inclinaron considerablemente.

Miro por la ventana. El arce del jardín se dobla por la fuerza del viento. Qué ventolera, digo. Ryo asiente. ¿Preparamos la cena? Sí, yo me ocupo. ¿Te apetece pasta?

Cuando estamos solos en casa, nuestras voces se atenúan. El viento golpea las paredes, silba. Ryo levanta la tapa de la olla. El agua borbotea. Suena un ding en el microondas y la cocina se sumerge de nuevo en el silencio. Ryo, digo. ¿Puedo decirte algo?

«Me gustaría hablar de papá.»

Pone cara de sorpresa. ¿De papá? Pues tú dirás. Sigo hablando en un murmullo. Papá no era el marido de mamá y por eso nosotros heredamos la casa, pero era él quien ganaba dinero en la familia y ella quien lo ahorraba en una cuenta que tenía a su nombre. A papá no le quedó nada.

«¿Por qué no lo vendéis todo y os repartís el dinero?»

Takeji no dejaba de repetirlo, y Ryo y yo, en un principio, no teníamos nada que objetar. Fue papá quien se opuso a esa posibilidad.

—¿Y por qué no, si se puede saber? —le preguntó Takeji enfadado.

Papá se rio.

—Porque si lo hiciéramos, ella volvería en forma de fantasma para vengarse.

—¿Y a ti qué más te da? Para cuando eso ocurriera ya habría otros propietarios.

—¿El espíritu de los muertos se queda arraigado en la tierra?

—¿Pero qué dices? No estamos hablando de gatos.

La conversación concluyó en ese punto. Ryo se rio.

Mamá se negó toda su vida a tener perro o gato. Ryo insistía una y otra vez, así hasta los tiempos del instituto, pero ella nunca dio su brazo a torcer. Al final me va a tocar a mí hacerme cargo, decía. Bastante tengo con vosotros, no puedo ocuparme además de un perro o un gato... Cuando hablaba parecía como si se le erizase el pelo, enarcaba las cejas como las ramas de un sauce y se convertía en el vivo reflejo de una de esas imágenes idealizadas de la belleza china.

Papá vino a verme para preguntarme mi opinión sobre una residencia de ancianos que contaba con buenos servicios.

«¿Por qué? ¿Te encuentras mal?»

Al verme asustada, quiso tranquilizarme. No, no se trata de eso. Me preocupa no hacerlo en el momento oportuno, antes de que sea verdaderamente necesario.

Era un planteamiento poco frecuente en él. ¿Acaso no era característico de nuestra familia despreocuparse por el futuro? ¿No plantearse las cosas?

Bueno, mamá era así, pero yo sí me preocupo. ¿No te habías dado cuenta?

Lo decía un poco avergonzado.

«Quería hablar contigo para preguntarte qué te parece la posibilidad de vivir de nuevo con papá.»

La sorpresa de Ryo fue aún mayor que la mía.

«¿Por qué? ¿Le pasa algo?»

La misma reacción. No, no se trata de eso... Cuando le expliqué los motivos, se quedó un rato pensando. Al final asintió.

—Si él está de acuerdo...

—¿Tú crees que se negará?

—No sé si no quería vivir con nosotros o no le gustaba esta casa, pero muchas veces me ha dado la impresión de que ansiaba marcharse.

No me esperaba esa respuesta.

Pocas veces me había preguntado por los sentimientos de papá, al contrario que por los de mamá. Los de ella siempre los tenía en cuenta.

Le invitamos a casa por primera vez después de mucho tiempo y nos sentamos los tres juntos a la mesa.

Rechazó nuestra propuesta de plano.

«No, no. No tengo ninguna intención de volver a vivir aquí.»

Lo dijo con firmeza y cierta vacilación a un tiempo.

«¿No tienes novia?»

Sacudió la cabeza.

«Debería buscarme una —admitió con la cabeza gacha—. ¿Y tú, Miyako, tienes novio?»

Me devolvió la pregunta. Yo me limité a encogerme de hombros. Cerró los ojos y suspiró profundamente. Era un gesto típico de mamá, pero me pregunto si no fue Nahoko quien en realidad se lo había pegado después de traérselo de Estados Unidos. A mamá le gustaban mucho los países que en japonés se escribían con cuatro sílabas: América, Francia, Taiwán, Vietnam, Brasil, Egipto, Ruanda, Botsuana... Papá enumeró los nombres como si fuera una canción.

Encogerse de hombros. Ni siquiera estoy segura de si era también Nahoko quien lo hacía. Recuerdo que intentaba identificar en ella los ademanes típicos de los niños americanos, pero no encontraba ninguna diferencia con los de los niños nacidos y criados en Japón. Sin embargo, cuando pronunciaba una palabra en inglés se convertía de pronto en una americana. Incluso le cambiaba la voz.

Papá se atragantó. También se le caían restos de comida.

«¿Lo veis? ¿No os dais cuenta de que estoy viejo?»

Él entendía perfectamente su situación y no podía hacer nada para detener el proceso de envejecimiento. Eso me conmovió. Era típico de él.

«Si mamá estuviera viva, ¿se enfadaría conmigo?», preguntó con los ojos cerrados y un mohín de añoranza. Últimamente me acuerdo mucho de ella, ahora mismo, por ejemplo. Tal vez me llama a su lado, pero aún no quiero ir. La verdad es que preferiría ir a otro paraíso.

Ni Ryo ni yo dijimos nada. Tampoco él insistió. Terminamos de comer en silencio. Ryo sirvió el vino que aún quedaba en la botella. Los labios resecos de papá estaban teñidos de color burdeos.

Empezó a hablar de su pasado.

Mamá también solía hablar del pasado, ¿os acordáis?, dije yo.

«¿En serio? No me acordaba.»

Papá agachó la cabeza. A decir verdad, puede que él no estuviera presente cuando mamá rememoraba el pasado.

De niño, dijo, en el negocio de los abuelos trabajaban muchos chicos jóvenes.

Alquilaron un terreno justo al lado de la tienda y construyeron una casa para albergarlos. Me había olvidado por completo, pero me acordé el otro día. Cerca de la entrada de la casa había un pequeño santuario consagrado a la deidad Inari, y, de entre todos aquellos chavales, los más responsables bajaban la cabeza en señal de reverencia cuando pasaban por delante o juntaban las manos para rezar, pero la mayoría orinaban encima al volver por la noche completamente borrachos.

A la abuela no le gustaba cocinar. Le daba una pereza horrible preparar comida para todos ellos. Asaba pescado a la hora de la cena, pero a mediodía siempre iba a la carnicería y compraba croquetas japonesas ya preparadas. Vendían también filetes de cerdo empanados y carne picada también empanada. Sin embargo, ella siempre elegía croquetas. Olían a aceite después de freírlas, pero todos las devoraban.

Por cierto, ¿sabíais que al abuelo le gustaba jugar? Incluso apostaba a plena luz del día.

Le gustaba mucho jugar a las cartas, me llevó con él en un par de ocasiones. A Asakusa o a Ueno, no recuerdo bien. En cualquier caso, se metía en viejos antros cochambrosos perdidos en el fondo de cualquier callejón. Recuerdo a un hombre delgado de piel blanca que estaba a la entrada de uno de ellos. Nos guio a lo largo de un corredor que me pareció muy distinto en las dos ocasiones que estuve allí, aunque se trataba del mismo hombre. Tenía una piel tan blanca que parecía estar maquillado. Tal vez fuera así, porque sus labios eran de un rojo intenso.

El salón de juego ocupaba una habitación de unos diez tatamis. Allí dentro nadie parecía un *yakuza,* pero estoy seguro de que eran ellos quienes organizaban las timbas: los malos del barrio.

Jugaban por grupos, y el abuelo se incorporó tranquilamente a uno de ellos. Recibió sus cartas con naturalidad, como si estuviera acostumbrado. De vez en cuando se oía el clac de una carta al golpear la mesa, pero en general reinaba un gran silencio.

Me coloqué detrás de un tipo y miré sus cartas. El hombre se enfadó mucho. No se lo voy a decir a nadie, balbuceé. Mis excusas solo consiguieron enfadarle aún más. El movimiento de tus ojos es suficiente para revelar mis cartas, protestó. Iba bien vestido, con un quimono de tres piezas de cáñamo blanco. Sacó una carta y la emparejó con otra.

Estuvimos allí una hora. Luego el abuelo me llevó a comer tempura a un restaurante muy diferente a los de nuestro barrio, en el que lo preparaban todo en el momento. Al terminar de comer nos dirigimos a otro salón de juego, y en esa ocasión nos recibió una chica.

«Ven conmigo, señorito. Iremos a los grandes almacenes.» La chica me agarró de la mano y caminamos juntos hasta Matsuzakaya. Por eso he llegado a la conclusión de que el salón de juego estaba en la zona de Okachimachi. Mi abuelo desapareció en una habitación del fondo y yo oí la dulce voz de una mujer.

En realidad, había dicho «gran almacén» y no «grandes almacenes». Curioseamos en la sección de juguetes, más tarde en las de zapatos y ropa de mujer. Yo seguía a la chica mientras ella se paraba a mirarlo todo. Recorrimos la tienda de arriba abajo, y por último salimos y nos subimos al tranvía. Me dijo que le gustaba el tranvía. Forzaba el cuello para mirar por la ventana. Me quité los zapatos, me senté de rodillas en el asiento y miré la calle yo también. Al llegar al final de trayecto no nos apeamos, tan solo volvimos en sentido inverso.

Cuando el abuelo y yo regresamos a casa, apenas quedaba nada para cenar. ¿Dónde habéis estado?, preguntó la abuela. Hablaba en voz baja, tranquila, pero yo sentía que me estaba regañando. Aún era pequeño para entender el significado de cosas como una casa de apuestas o una amante. En lugar de contarle eso, le hablé de asuntos inofensivos: grandes almacenes y un restaurante de tempura. La abuela me escuchó con un gesto de desdén.

Vuestra madre heredó más del abuelo que yo, me parece. Yo soy muy distinto. Papá, sí, papá...

Agachó la cabeza y una de sus vértebras hizo crac.

La gente de antes no tenía costumbre de hablar del pasado. Últimamente me acuerdo mucho de la guerra y de la posguerra. No quiero hablar de ello, pero no puedo evitarlo. Es en esos momentos cuando me doy cuenta de lo mucho que me gustaría que mamá estuviera aquí.

Ingresaron a papá poco después de aquello. Fue antes del verano de 2012.

Sufrió un infarto cerebral con pronóstico leve.

El teléfono sonó pasadas las ocho de la mañana. Mi corazón dio un brinco al mirar la hora y me predispuse de inmediato a recibir una mala noticia. Era papá.

«¡Una ambulancia, llama a una ambulancia!»

Hablaba despacio, con una voz extraña. No pronunciaba bien las palabras, era como si balbuceara. Marqué temblorosa el número de emergencias. Después, Ryo y yo fuimos en taxi a toda prisa a su apartamento. Llegamos al mismo tiempo que la ambulancia. Con las prisas me había olvidado de coger las llaves de su casa. Me sentía flotar. Subimos con los enfermeros en el ascensor hasta el quinto piso. La puerta estaba abierta. Me precipité y encontré a papá sentado en la entrada.

¡Me has asustado!, estuve a punto de decirle.

El enfermero me apartó con cuidado y le cogió la mano a papá. Era una mano fofa. ¿Puede apretar? ¿Cómo se llama? ¿Sabe qué día es hoy? ¿Puede mover las piernas? Le hizo un montón de preguntas.

Papá no respondió a ninguna de ellas. No solo había perdido la fuerza en las manos, también en las piernas. Al fijarme comprendí que se había apoyado contra la pared para no caerse. Los enfermeros extendieron la camilla y le bajaron.

«La llave», dije casi en un sollozo. Ryo se sacó del bolsillo un llavero y cerró. ¡Es verdad! Yo también llevaba la llave del apartamento de papá en mi llavero. Por fin me acordaba.

Subimos a la ambulancia para ir al hospital. Estuvo consciente hasta poco antes de la intervención y el efecto de la anestesia no duró mucho. Enseguida despertó, y unas horas después nos dejaron verle. Estuvo un tiempo en la unidad de cuidados intensivos, pero ese mismo día le trasladaron a una habitación.

«Quiero irme a casa», repetía sin cesar, a pesar de que le costaba hablar.

—Escúchame bien. Te has desmayado —le dijo Ryo.

Papá no dejaba de sacudir la cabeza.

—No pasa na... nada, no es grave.

—Pero si casi no puedes hablar.

—Na... da...

Nos miró fijamente y volvió a repetir lo mismo. Al día siguiente empezó la rehabilitación y en dos semanas le dieron el alta. Para entonces ya casi hablaba con normalidad y escribía sin mayor dificultad. Aún insistía en irse a casa, pero le llevamos con nosotros. Cuando vio el futón extendido en el suelo de la habitación, por fin guardó silencio. Verle allí tumbado sin fuerzas me hizo comprender que estaba más grave de lo que me había parecido en el hospital.

No lo discutimos abiertamente, pero dadas las circunstancias asumí que papá se quedaría a vivir en casa con nosotros. No ocurrió así, sin embargo.

—Yo no soy vuestro padre.

Sus palabras me enfadaron mucho.

—No eres nuestro padre, pero eres papá —protesté.

—Tiene razón. No tenemos ninguna obligación de cuidar de nuestro verdadero padre —añadió Ryo.

Papá frunció el ceño.

—No hay nada imposible.

—¿Cómo que no hay nada imposible?

—Quiero decir que siempre existe la posibilidad, por remota que sea, de que tengáis que cuidar de él.

—¡Imposible!

Mi enfado se transformó en cólera. No entendía su obstinación.

—En serio, prefiero que me busquéis uno de esos pisos asistidos.

—¿Y qué vas a hacer si te juntan con una abuela a la que no soportas?

—Pues no le haré ni caso.

—¿No acabarás peleándote?

—Yo no soy como mamá.

Cierto. Papá se adaptaba sin problemas a todo tipo de situaciones, a cualquier lugar. Después de todo, había vivido con mamá, lo había resistido, y no había demasiada gente con un carácter tan fuerte como ese.

—Dime, ¿qué sentiste al comprender que mamá ya no estaba aquí?

Se lo pregunté dejándome llevar por un impulso irrefrenable.

—Bueno... —dijo mientras se tomaba un tiempo para meditar la respuesta—. Todo perdió interés.

—¿Eso significa que la querías?

—Querer a una persona y disfrutar del placer y del interés de vivir con ella a veces son cosas un poco distintas.

—Entonces, no la querías.

—No se trata de eso. No podría vivir con una persona a la que no quisiera.

—¿Por qué decidiste vivir con ella?

Era una pregunta que me había hecho muchas veces a mí misma pero que nunca le había planteado ni a mamá ni a él. Hasta entonces.

—Porque no me quedó más remedio —contestó sin pensárselo dos veces.

Papá volvió a su apartamento seis meses después de recibir el alta. Era la época más fría del año. Podrías esperar a la primavera, le dijimos Ryo y yo. Él rehusó con una sonrisa.

—¿Sabéis cuál es la época del año en la que más gente muere?

—¿Eso qué tiene que ver con lo que estamos diciendo?

—Vamos, decidme.

—¿Invierno?

Fue Ryo quien habló primero, aunque torció la cabeza con un gesto dubitativo.

—¿En otoño? —pregunté yo.

—Pues no. En primavera, ya veis.

—¿De verdad?

—La primavera es una estación dolorosa.

Insistía en volver a casa antes de la primavera, y al final se salió con la suya. Mostró un desapego aún mucho mayor a la hora de irse de la casa del que había hecho gala cuando Ryo y yo nos mudamos aquí y le pedimos que se viniera con nosotros. Antes de irse abrió la habitación cerrada con llave y contempló un buen rato los relojes.

—¡Aún funcionan!

—Claro. Me pediste que me hiciera cargo —dijo Ryo.

Papá entornó los ojos.

—No sabía lo buenos chicos que sois.

—¿Ahora te das cuenta?

Quería burlarme de él, pero ese «buenos chicos» me había llegado al corazón. En otros tiempos, cuando de verdad podría haber dicho que éramos buenos chicos, no disfrutábamos en la familia de un ambiente propicio a ese tipo de expresiones. Tal vez fuimos buenos chicos para mamá, pero no para la familia en su conjunto. No me sentía mal por ello, no tenía remordimientos, pero esas palabras en sus labios me conmovieron.

—¿Verás a Takeji dentro de poco?

—Sí, seguramente.

—¿Por qué no venís y cenamos todos juntos?

—Se lo diré.

Busqué la mano de Ryo. Estaba justo a mi lado. Era una mano nudosa. Hizo un movimiento brusco, pero no la rechazó. Después me apartó ligeramente. No hubo ni frío ni calor en su gesto. Papá fingió no darse cuenta.

Desde que volvió a su apartamento empecé a visitarle al menos dos veces al mes. Estaba acostumbrado a vivir solo y no le hacía falta ayuda para cocinar o limpiar. Le compraba cosas que le gustaban y aprovechaba para hablar un rato con él.

En realidad, no teníamos mucho que decirnos, y quizás por eso evocábamos el pasado.

¿Por qué no escribes sobre tu vida?, le propuse en una ocasión. Él resopló. ¿Qué dices, no hablarás en serio?

Sí, aunque admito que escribir sobre uno mismo, sobre la propia historia, puede resultar extraño.

Papá se rio, y enseguida se puso a hablar otra vez del pasado.

¿Sabías que hubo un bombardeo un 10 de marzo? Estábamos en guerra y a mamá y a mí nos habían evacuado, pero los abuelos habían permanecido en Hongo. La tienda se incendió, aunque para entonces la mayoría de aprendices y criadas se habían marchado. Los abuelos huyeron a Shinobazu-no-ike con Shige, el único de los aprendices que se había quedado con ellos.

Al día siguiente, cuando regresaron, encontraron la caja fuerte intacta. Durmieron los tres juntos cinco noches seguidas entre los escombros, y en cuanto la caja fuerte se enfrió, la abrieron. La combinación era una mezcla de las fechas de nacimiento de la abuela, mamá y mía. La abuela siempre nos decía que la memorizásemos para un caso de necesidad. Luego la cambiaron...

El dinero que guardaban dentro no se había quemado. El abuelo lo sacó todo y se marchó a Shigedo, en Kioto. Durante la posguerra no había nada, se vivió una gran penuria, pero en aquel momento la situación aún no había tocado fondo y el abuelo aprovechó para comprar cuanto pudo. Era un hombre con visión de comerciante. Yo nunca he tenido esa visión...

Antes de terminar la guerra vendió cuanto tenía y compró una casa grande en la provincia de Gumma, con cerca de mil metros cuadrados de terreno, pero se deshizo de ella tan pronto como mamá y yo regresamos de la evacuación. Ni siquiera tuvimos la oportunidad de conocerla. Shige contaba que había un pavo real en el jardín, aunque me cuesta creerlo. Imagino que solo quería tomarnos el pelo, pero mamá y yo le creímos a pies juntillas durante mucho tiempo. ¿No te parece raro que hubiera un pavo real en una casa en plena guerra?

Con el dinero de la venta el abuelo compró el solar donde había estado la tienda, ya que hasta entonces lo había arrendado. Construyeron una casa; la tienda en la planta baja y la vivienda en la primera. No hubo necesidad de pedir préstamos: en la confusión de la posguerra, el abuelo demostró ser muy hábil en los negocios.

En cualquier caso, allí acabó su suerte. La inflación que sobrevino significó el fin de todos sus ahorros. El dinero se convirtió en nada y el negocio del papel se fue marchitando poco a poco. En mi opinión, su error fue plantearlo como una empresa familiar. Yo me escapé de todo aquello. Lo odiaba. Fue mamá quien me hizo volver.

Dices que te hizo volver mamá, pero lo hiciste por voluntad propia, ¿no?

Se limitó a asentir a mis preguntas, con un gesto cargado de ambigüedad. Sí, es verdad, pero las cosas suceden a veces arrastradas por un destino, al que mi voluntad nunca ha sido capaz de oponerse del todo.

Pero nunca has hecho algo que no quisieras hacer de verdad. Le hablé en voz alta, aunque en realidad pensaba en mí.

Destino. ¡Cómo me gustaría poder achacarlo todo al destino y dar así las cosas por resueltas! Incluso así, incluso si hacemos algo dudoso sin avergonzar a nadie o nadie sabe de nuestros asuntos, ¿de verdad es necesario atormentarse con tantas preguntas?

Me pregunto si no se esconde un cierto placer en el tormento, como cuando uno se arranca la costra de una herida reciente y disfruta del dolor, del picor.

Un sueño

Empiezo a soñar y al principio sé que no se trata de la realidad, pero en determinado momento todo comienza a mezclarse.

Me ocurre siempre que sueño con mamá.

¡Miyako!, oigo cómo me llama. En su voz sonaba una amalgama de tonos graves y agudos, pero en mis sueños resulta más monótona. Estoy segura de ello, a pesar del tiempo transcurrido.

Primero veo sus manos, y poco a poco se dibuja su silueta. Escucho apenas su voz y de entre una bruma lechosa surgen despacio sus brazos, su cuello, su pelo.

Siempre se me presenta de espaldas.

Me he desacostumbrado a su pelo largo y me cuesta reconocerla. Levanta los brazos con elegancia y se recoge en un moño la melena que le cae por la espalda. Su cuello se inclina levemente. Unos cuantos mechones quedan sueltos al viento en la nuca. Miro a mi alrededor para comprobar si de verdad sopla el aire, pero no consigo salir de esa bruma blanca y vaporosa.

Se da media vuelta. Un rayo de sol la ilumina, pero el contraluz me impide distinguir su rostro. Qué lástima, ahora que está frente a mí.

«¡Mamá!»

La llamo, pese a no estar segura de si ese rostro oculto tras una sombra es realmente el suyo.

«¿Qué?»

Es su voz, como imaginaba. Un tanto cambiada, no obstante. Esta vez no percibo monotonía, sino un timbre infantil.

«¿Quién eres?», pregunta.

La luz se debilita y su rostro se descubre.

Es la cara de una niña. Me llama por mi nombre, pero se me aparece con el aspecto que debía de tener cuando aún no me había traído al mundo. Comprendo entonces que se trata de un sueño, aunque eso no me tranquiliza.

Está a mi lado. No sé desde cuándo. Tenemos la misma altura. Bajo la vista para mirarme, para comprobar que, en efecto, se trata de mí, de mi cuerpo. Mis caderas, mis piernas y mis brazos han adelgazado, se han acortado. Yo también vuelvo a ser una niña.

¡Qué bonito era el pelo de mamá de niña!

«No sabía que lo llevabas largo.»

«Siempre lo he tenido largo.»

Contesta con arrogancia. La suave pelusilla que recubre sus mejillas resplandece. Tiene la boca entreabierta, el labio inferior carnoso, un poco descolgado: su gesto de siempre cuando está a punto de decir algo.

«Aún no me has dicho cómo te llamas», insiste. Has sido tú quien acaba de pronunciar mi nombre, le respondo yo. Continúa mostrándose altiva. «¿No eres mi amiga? No me acuerdo de tu nombre.»

La palabra *amiga* en su boca me da ganas de reír. Suena a novela antigua. Da media vuelta y revolotean los bajos de su falda. Es el ademán de una niña consciente de su belleza. La miro. También yo hago un giro, pero me desequilibro y caigo sobre una rodilla. En ese momento la odio. No es más que una niña, pero ya está muy segura de sí misma.

«¡Tenemos que huir, rápido!»

Me lo dice en un susurro. A lo lejos se oye un rui-do de sirenas.

«La alerta ha terminado, pero de todos modos...»

Me agarra de la mano y echa a correr. Los B-29, que suelen verse en lo alto del cielo como pequeñas libélulas, descienden hasta mostrar sus panzas. Las bombas incendiarias comienzan a caer, una tras otra, y el fuego se desata. El humo me impide ver a mamá, tan solo me guía su mano. Todo arde a nuestro alre-dedor.

«Como siempre me han evacuado, nunca he visto un incendio de estas dimensiones...», dice mamá.

Las llamas emergen por las ventanas del primer piso de la tienda. Las chispas vuelan por el cielo arras-tradas por el viento. Las dos sabemos que dentro de poco todo se habrá perdido, y también que quienes huyen en busca de agua morirán sin remedio.

A lo lejos se ve una columna de fuego. Más arriba, un humo negro asciende sin parar formando remoli-nos que no cesan de tomar altura.

«Hoy ha muerto mi madre. Ha debido de sufrir mucho.»

«¿Ha muerto?»

Se lo pregunto muy sorprendida. La madre de mamá es mi abuela, y aún vivía cuando cumplí los veinte años. ¿Por qué dices eso, mamá?

A pesar de estar tan cerca del fuego, no siento el calor. Es porque estoy soñando, me digo a mí misma. Como se trata de un sueño, dudo que las cosas que dice mamá sean verdad.

«Mi madre vivía en Okachimachi, no muy lejos de la tienda. Por eso papá y yo tenemos la misma san-gre por parte de padre, pero no de madre.»

Me lo explica esa mamá con cuerpo de niña. El aullido de las sirenas, el rugido de los B-29, los gritos, los camiones de bomberos, todo cesa de golpe. De pronto, no se oye nada. A mis oídos solo llega la voz de mamá, una voz infantil.

«Iba a verla una vez al mes. Era una mujer muy guapa.»

Su verdadera madre. Es cierto, sí. Iban a determinada casa y les recibía una chica que se llevaba a papá de tiendas. Esa chica decía «gran almacén» en lugar de «grandes almacenes». Seguramente era en Okachimachi. ¿No me lo había contado papá hacía poco? ¿No dijo que había ido a la casa de la amante del abuelo?

Seguramente era la madre de mamá. ¿Papá lo había comprendido entonces a pesar de no ser más que un niño?

En otra ocasión mamá lleva un vestido blanco. Se ha peinado con la raya al medio y tiene el pelo recogido. Su frente desnuda y límpida reluce. Se la acaricio con los dedos. Las huellas del índice y el corazón se quedan claramente marcadas en su frente.

«¡Para!», protesta. No le hago caso.

Léemela, me ordena esa niña-mamá. Me entrega una carta. Es un sobre de papel de arroz con un pájaro impreso. Lo abro con un ruido seco. Me aburre un poco volver a habitar ese sueño. No quiero soñar más con ella. No. Sí, sí quiero.

En la carta hay un muñeco dibujado. Se parece mucho a mamá de niña. Sus piernas y sus brazos están doblados de un modo muy forzado, imposible para una persona normal.

«¡Qué dolor!»

Mamá se ríe de mi comentario.

«Sí, conozco bien ese dolor.»

Vuelvo a tocar su frente. ¡Estate quieta!, protesta. Me empuja. Escapa de mí con su vestido blanco al viento, y esa será la última imagen que conserve de ella. Los bombarderos vuelan a lo lejos. No oigo nada. Por el contrario, noto un olor agradable. Es un sueño, me digo. Huele a un gratinado que hacía mamá.

«¡Mamá!»

Lleva puesto un delantal. Se da media vuelta y me abraza.

«¿Dónde está Ryo?», le pregunto. ¿Por qué nunca aparece en mis sueños?

«No quiero que le veas. Es que...»

Mamá sonríe, pero su sonrisa no tarda en desaparecer y tan solo me mira, furiosa. Lo sabe. Siempre lo ha sabido, pero se trata de un sueño y nada es real en los sueños. ¿Lo sabes de verdad, mamá?

«Por supuesto», dice. Los dibujos que hicimos Ryo y yo en la pared de la habitación representaban animales desconocidos. Una decena de pájaros levantan el vuelo dentro del cuarto. Sus alas grises se agitan y golpean contra la pared, sus plumas empiezan a caerse. Felinos de uñas afiladas se abalanzan sobre mí. No me importa que lo hagan. Quiero que Ryo venga a enterrarme. ¿Por qué no viene?

«¿No va a venir Ryo?»

Mamá, mamá otra vez de niña, está mirando fijamente.

«Se mudarán aquí el 10 de marzo. Faltan tres días. Para entonces nos reuniremos todos aquí», dice mamá sin dejar de tirar con fuerza de su trenza, visiblemente enfadada.

«No me gusta la evacuación», dice con su labio inferior un poco descolgado. «Todos se ríen de mí porque soy una niña de ciudad. Pero, Miyako, tú eres mi amiga, ¿a que sí? Nos llevamos muy bien, ¿verdad?»

El 10 de marzo, los padres de mamá y Shige, mis abuelos y el único aprendiz que se quedó con ellos, tenían previsto ir a Takasaki, donde habían evacuado a mamá. Sin embargo, alrededor de la medianoche del 9 de marzo de 1945, cuando el día estaba a punto de tocar a su fin, Tokio sufrió un inmenso bombardeo. La zona del distrito de Hongo donde estaba la tienda quedó arrasada. La Universidad Imperial se salvó de milagro.

«Tampoco se ha quemado la iglesia.»

Mamá se refería a la iglesia protestante de Kasuya. Nunca me ha gustado hablar del pasado, decía, y, a pesar de repetirlo una y otra vez, siempre terminaba por hacerlo. Esa era la razón de que conociera aquella historia. En efecto, había una iglesia en la calle Kasuya, a mano izquierda, no lejos de la universidad, en la misma calle donde estaba la tienda, en dirección opuesta a Ueno Hirokoji.

«No quiero que me hables más de los muertos de la guerra», le dije un buen día.

«Todos morimos al fin y al cabo. No me parece tan raro hablar de muertos.»

Cuando se empeñaba en rememorar la guerra terminaba por irritarme. Una vez empezaba, ya no había quien la parase ni le llevase la contraria. Si discutíamos por alguna razón, siempre volvía a escudarse en las historias de la guerra. Los de vuestra generación sois todos muy felices. Decía eso y ahí se acababa la conversación.

Un día estalló. Me dio una bofetada. ¡No tienes ni idea de lo que es la muerte!, gritó. Fue la única ocasión en que la oí gritar.

«Claro que no lo sé, y tú tampoco. Después de todo, nunca te has muerto.»

«Yo perdí a mi madre, pero tú me tienes a mí, por eso eres feliz.»

Esa fue su respuesta, lo recuerdo perfectamente a pesar de que era un sueño. Me enfadé. No se es feliz por el mero hecho de tener madre. Se es feliz cuando se establece una buena relación con la madre.

Mamá nunca me miraba. Parecía que lo hacía, pero en realidad no era así. Solo miraba a Ryo. También yo le miraba solo a él.

«¡Me han rayado la cartera del colegio! —protesta mamá de niña con una expresión triste y pueril—. ¡Mira! —insiste mientras me enseña su cartera de un color rojo vivo—. La guerra ha empezado y ya no hay nada de nada. ¡Papá me la compró en China y ahora me la han destrozado!».

Solloza, llora como haría una niña. «Todo el mundo se burla de mí, y la profesora finge no darse cuenta. Los chicos son unos brutos. Espero que el tiempo pase rápido y vuelvan todos.»

El 10 de marzo, sin embargo, no apareció nadie. Después de vigilar durante cinco días con sus noches la caja fuerte que había sobrevivido al incendio, los padres de mamá y Shige caminaron hasta Itabashi, a casa de unos parientes lejanos. Nadie se instaló en la de Gumma que había comprado el abuelo con el dinero ganado durante la guerra. A papá lo habían llevado a Kanazawa con sus compañeros de clase.

«Estaba sola. Tenía miedo, les echaba mucho de menos.»

Mamá llora. Mamá es una niña y yo también. Lloramos juntas con las manos entrelazadas. Ella de pena, yo porque la odio. Los motivos de nuestro llanto son completamente distintos, pero nos sincronizamos en él. Todo el mundo dice que mi voz es igualita a la suya.

Quiero ser su amiga, me digo, llevarme bien con ella sea como sea.

Otra vez el mismo sueño. Mi sueño con mamá. Sé de antemano que es ella, pero la atracción de la primera vez es igual, como si acabase de conocer a una chica encantadora.

Corro tras ella por una calle ligeramente en cuesta. ¡Espera! Al oírme, gira sobre sus talones. Levanto los ojos del suelo para mirarla. Sonríe. Si vienes te daré esto, me dice mientras me espera. Cuando estoy tan cerca de ella que casi puedo sentir el calor de su cuerpo, abre la mano como si fuese el capullo de una flor y me muestra una especie de masa blanca.

«¿Qué es eso?»

«¡Mira!»

La masa blanca empieza a emitir luz, y no tarda en saltar un relámpago.

«¡Un relámpago, qué bonito!»

«Pues claro, en Takasaki caen muchos relámpagos.»

Es algo muy extraño, pero me hace reír. Mamá también se ríe. El relámpago en miniatura termina por emitir un destello que cubre por completo nuestro campo de visión. De vez en cuando escucho el retumbar de un trueno. En el intervalo de tiempo entre relámpagos una cosa atraviesa por un lado.

«Se va a tumbar un poco para descansar», dice mamá señalando el relámpago con el dedo. ¡Qué bonito! Qué bonito, ¿verdad? Las dos estamos de acuerdo. Mamá me agarra la mano y yo apoyo la cabeza en su hombro. Su cuerpo está muy caliente, su aliento es húmedo. Cuando pienso que esa niña nos dará a luz a Ryo y a mí me siento extraña. Siento también una gran ternura por ella.

«No me odies, Miyako. Te lo pido por favor», dice en un susurro.

Es imposible odiarla. ¿Por qué los niños quieren tanto a sus madres? Da igual como sean. A los niños les gusta todo de sus madres. Ya de adulta y lo suficientemente madura para juzgarla de una manera objetiva, a pesar de sus defectos y carencias, no dejé de quererla nunca.

«No puedo odiarte, aunque me gustaría.»

Ella se ríe.

«¡Miyako!», me llama.

Me agrada oírle decir mi nombre. Me siento feliz, casi me estremezco. Mamá siempre hablaba a papá con dulzura. También a Takeji y a Ryo. Lo hacía con todos los hombres. Conmigo no. Pero en mis sueños sí, se muestra muy cariñosa.

Toco su pecho. Sus diminutos senos aún no se han desarrollado. Con la misma mano, me toco el mío. Igual de plano que el suyo. Jugueteo un poco con mis senos y empiezo a sentirme bien. Deseo con todas mis fuerzas que nunca llegue la hora de despertar.

—Estabas gimiendo —dice Ryo—. ¿Otra vez soñabas?

—Sí, mamá era una niña.

Ha vuelto el verano. El pelo se me pega al cuello sudoroso.

—¿Por qué estás aquí? —le pregunto con la cabeza aún embotada por el sueño.

Ryo lee un libro. La luz de su mesilla sigue encendida. No ha dormido.

—Porque vivimos juntos.

—¿Y por qué vivimos juntos?

—Porque no me gusta estar solo —admite con sinceridad.

Mamá murió hace mucho, pero aún habita en mi interior, de manera que no puedo estar sola, aunque de hecho lo esté. Siempre me observa desde alguna parte.

—Está bien estar solo, ¿no?

—Yo no quiero.

La almohada de plumas se hunde bajo el peso de su cabeza. La ahueca y vuelve a hundir la cabeza en ella.

Ya han pasado casi veinte años desde que empecé a soñar con mamá. Su imagen, apenas una sombra al principio, se ha vuelto evidente en los últimos tiempos, mucho más próxima a mí de lo que pueda estar Ryo tumbado justo a mi lado.

«¿Quieres a alguien?», me pregunta mamá en sueños, y se ríe.

Como no contesto, continúa en su tono alegre.

«Yo sí.»

«¿A quién?»

«A alguien que conoces bien.»

«¿A papá?»

«¡Pues claro!»

Pero papá es tu hermano mayor, me gustaría decirle sin que la voz me llegue a salir del cuerpo.

«Al principio solo vivíamos juntos, no había nada más.»

Lo dice despreocupada, como quien no quiere la cosa. Al fin recupero la voz.

«¿No había nada más? ¿Qué quieres decir?»

«No lo sé.»

Aún se presenta como una niña. Yo también me veo así. Nos damos la mano. Me muero de ganas de hablarle de la persona a la que quiero.

«Pues... Corre muy rápido.»

«¿Hablas de la persona a la que quieres?»

«Sí, y además canta bien.»

«Mmm...»

Me mira pensativa y noto cómo me sube la sangre a la cabeza. Tengo ganas de decirle a quién quiero, pero no debo hacerlo. Mi pecho se llena con la imagen de la persona amada. Su pelo indomable, largo hasta el cuello, sus párpados siempre un poco pesados por la falta de sueño, los labios quemados por el sol, las orejas bien formadas, una risa inesperada, un esplendor, ese gesto que le devuelve la seriedad en un abrir y cerrar de ojos.

Yo quería a esa persona. No sabía qué hacer con ese sentimiento. No me bastaba con estar a su lado. Quería satisfacer mi amor, a mí misma y también a él.

«Hay que abrazar a la persona a la que se quiere», dice mamá con su voz de niña.

«No puedo.»

«¿Por qué?»

«Porque no.»

Mamá se ríe. Su pelo largo vuela al viento. Noto ahora su olor de mujer adulta. El aroma de Chanel N.º 19. Cuando usaba ese perfume, su olor se volvía aún más intenso. Me lo he puesto en algunas ocasiones, pero no funciona igual conmigo. La figura de mamá desaparece. En su lugar, veo muy cerca de mí los dedos y la mano de la persona a la que quiero.

Alargo la mano con audacia y enseguida desaparecen los dedos.

«Los profesores me odiaban», decía a menudo mamá cuando vivía.

Iba en tren al colegio. Hoy en día es un colegio solo para chicas de mucho prestigio. Ya en la época de mamá era un centro muy exigente, y casi la mitad de las alumnas se presentaban a los exámenes de acceso a la universidad.

«En uno de los exámenes debíamos rellenar espacios en blanco», nos contó.

«¿Y eso qué quiere decir?»

Ryo escuchaba la radio, pero se sumó a la conversación.

«Era una especie de prueba de habilidad en la que debíamos elegir entre distintas opciones y rellenar huecos en blanco.»

«Mmm...», murmuró Ryo tras apagar la radio.

«Saqué la mejor nota, pero eso no convenció al profesor. Decía que había sido por pura casualidad.»

«¿Era imbécil ese profesor o qué?»

«Sí, un imbécil, y yo me rebelé. Pero en el fondo tampoco yo entendía por qué aprobaba sin estudiar. Quiero decir que perdí la oportunidad de aprender de verdad. No sirvo para el estudio porque soy demasiado obstinada.»

«Cuando terminé el instituto fui a estudiar costura a una escuela que mezclaba la enseñanza europea y la japonesa. También aprendí cocina francesa en el Tokio Kaikan, cocina japonesa, china, de todo. Me enseñaron la ceremonia del té, arreglo floral y todas esas cosas. Ya había aprendido algo de todo eso en secundaria y también a cantar.» En eso consistía antes ser mujer, dijo mamá con un suspiro.

Ryo se levantó y se puso detrás de ella para darle un masaje en los hombros.

«¡Ay, qué bien! Después de todo, no ha estado tan mal ser mujer, porque he dado a luz a un chico como Ryo.»

Yo también quería aprender cocina francesa. La carne bien preparada, el pan rallado muy fino, la mantequilla fundida con un aroma agradable, la bechamel suave y espesa a un tiempo. Mamá nunca me enseñó. Lo hacía todo ella, pero cuando Ryo la ayudaba se ponía muy contenta. Si era yo quien se plantaba en la cocina con la intención de echar una mano, me consideraba un estorbo. ¡Para nada! Jamás hice esa distinción entre Ryo y Miyako, protestaría ella. Yo quería ser como Ryo, alegrarla con mi presencia, pero nunca lo logré. Tal vez por eso le quiero tanto a él.

Mujeres

¿Por qué no nos vamos de viaje? Lo propuso Nahoko cuando ella cursaba tercero en la universidad y yo segundo. Era verano y estábamos de vacaciones.

Desde Tokio, tomamos un tren de la línea Sobo y nos dejamos mecer por el traqueteo sin saber muy bien qué íbamos a hacer.

Nos bajamos en Narita y fuimos a rezar a un santuario en la montaña. Hacía mucho calor. De camino al templo pasamos por varios restaurantes cuya especialidad era la anguila a la brasa. ¿Te apetece?, le pregunté a Nahoko, pero ella, fiel a su costumbre de no responder claramente con un sí o un no, se limitó a farfullar.

Volvimos a la estación, nos subimos de nuevo al tren y llegamos hasta Kashima, donde también nos bajamos para ir a visitar un pequeño templo.

Como en el anterior, Nahoko mantuvo las manos entrelazadas mucho tiempo.

«¿Por qué rezas tanto?»

—Por nada en especial —me respondió con sequedad.

Tenía esa expresión habitual suya mitad sonrisa, mitad no se sabía qué, pero enseguida comprendí que no se trataba de lo primero.

—¿Nos quedamos a dormir?

Dejamos atrás el templo y Nahoko pareció volver en sí. Encontramos una cabina telefónica y ella entró a toda prisa para marcar un número que consultó en su agenda.

Decidimos pasar la noche en un albergue juvenil de Itako.

Hasta ese momento lo recuerdo todo con claridad. A partir de ahí, he olvidado qué línea de tren tomamos, dónde nos apeamos, dónde comimos o dónde dormimos. Nada de nada. Solo sé que, si por el camino nos cruzábamos con algún templo budista o con un santuario sinto, Nahoko entraba a rezar, y como no teníamos dinero evitábamos aquellos donde nos cobraran por entrar.

Nos dedicábamos a caminar y caminar.

Llegamos en tren hasta las provincias de Ibaragi, Fukushima y Miyagi. Nos bajábamos aquí y allá un poco por capricho, cuando algo nos llamaba la atención. Caminábamos y charlábamos.

Nahoko estaba enamorada.

«Pero la cosa no va bien.»

En las ciudades que visitábamos solíamos recorrer las galerías comerciales de las estaciones y, la mayor parte de las veces, al final de ellas aparecían campos de arroz entre las casas, pequeños cuadrados de un color verde intenso que salpicaban el paisaje.

«¿Por qué? ¿Qué ocurre?»

Mi pregunta no obtuvo respuesta.

Había templos y santuarios por todas partes, casi siempre vacíos. Cuando el cansancio se apoderaba de nosotras aprovechábamos para sentarnos un rato junto a una fuente donde purificar las manos, y bebíamos té de un pequeño termo.

—¿No te parece que querer a alguien tiene una parte molesta? —me preguntó Nahoko.

—En ese caso, mejor no enamorarse.

—Las cosas no son tan sencillas. ¿No sería menos problemático el mundo si los seres humanos pudiésemos controlar nuestros sentimientos?

Asentí sin demasiada convicción. Me sentía inquieta. Por alguna razón, pensé que sería mejor no abordar ese asunto.

—¿Cómo será querer a alguien de verdad? —insistió Nahoko mientras se estiraba.

No supe contestar.

—No es que esté triste, es que no sé dónde apoyarme.

No saber dónde apoyarse, pensé.

—¿Y tú, Miyako? ¿Tienes a alguien? Supongo que sí.

Me miró de pronto a los ojos. Debía aguantar su mirada, me dije. Resistí como pude, y a duras penas alcancé a levantar un poco la comisura de los labios. Me miró un buen rato como si quisiera confirmar algo. Después apartó la mirada con esa sonrisa indefinida suya.

—Me pregunto qué estará haciendo Ryo en este momento —dijo.

—No lo sé.

Los insectos cantaban entre la maleza. Escuchamos un buen rato sin hacer nada.

Han pasado treinta años desde aquel viaje.

—¿Te acuerdas? —le pregunté a Nahoko hace poco.

—Sí, me acuerdo. Fue un largo viaje, ¿verdad?

—Ese chico del que estabas enamorada entonces ¿qué hace ahora?

—Ha dejado su trabajo y se dedica al campo.

—¿Qué?

Habían contactado de algún modo a través de internet, era así como habían retomado la relación.

—Al final una termina por enterarse de todo, pero qué decepcionante resulta, ¿no crees?

—Sí. Había colgado una foto suya posando con un nabo gigante y un manojo de espinacas en un día de cielo azul despejado. Preferiría no haberla visto.

Recuerdo que cada vez que Nahoko me hablaba del chico durante el viaje terminaba por dolerme alguna parte del cuerpo, como si el agua que debería haber servido para hidratarme empezase a hervir en mi interior.

¿Por qué no se debilita la memoria?

Fue en unos baños de aguas termales del norte. Nahoko me dejó tocarle el pecho. Siempre me había preguntado qué sentiría un hombre al tocar el pecho de una mujer.

«Yo también me lo pregunto», dijo Nahoko con su media sonrisa en los labios. Se incorporó un poco y sus pechos emergieron del agua. «Tócalos si quieres.»

Tenían una dureza distinta a la mía. Me extrañó. El peso, el tacto de la piel, todo era distinto.

—¿Te gusta?

Nahoko sacudió la cabeza con un gesto inexpresivo.

—No especialmente.

Nahoko me había ofrecido su pecho sin la más mínima emoción. Solo había tocado otro pecho en mi vida, el de mamá cuando aún mamaba, aunque hacía tanto tiempo que ya no recordaba su tacto.

Aún tengo presente el instante en que nuestro viaje tocó a su fin. Fue después cuando me dio por pensar.

El final de un viaje es siempre triste. Estaba un poco aburrida de su compañía, pero cuando comprendí que nuestra aventura se acababa me resistí a aceptarlo.

—¿Por qué no esperamos un poco? —le pregunté en el andén de la estación de Ueno, ya de regreso.

Ella meneó la cabeza.

—No, debo ir a casa.

Estábamos cansadas. Teníamos las zapatillas cubiertas de polvo, las mochilas descoloridas por el sol, las gorras muy arrugadas de tanto doblarlas y desdoblarlas.

A pesar de todo, yo no quería volver a casa.

Nos despedimos en Shinjuku y me bajé del tren en Shimokitazawa. Entré en un restaurante italiano para comer algo. Tenían muchas revistas de manga para los clientes. Dejé la mochila en el suelo y me puse a leer. De haber existido por entonces los *mangakisha,* esos cafés donde uno se puede pasar ahora el día y la noche leyendo manga, me habría quedado a dormir.

Pedí pasta con huevas de bacalao, me bebí un café y después un té helado, y del poco dinero que me quedaba apenas me sobraron unas monedas.

Se puso el sol. Las cigarras de la tarde empezaron a cantar y con su canto crearon la ilusión de un gran bosque cercano. Resonaba sin descanso, se superponía al murmullo de la ciudad, lo emborronaba todo.

Cómo iba a vivir yo a partir de entonces, me pregunté con el oído pegado a las cigarras.

Aún hoy no he encontrado la respuesta. ¿Moriré acaso sin conocerla?

En una ocasión en que habíamos quedado para ir a un concierto de jazz, a Nahoko le surgió un compromiso y al final fuimos solos Ryo y yo.

Nos sentamos en la parte más alejada del escenario. El local estaba en Shinjuku. ¿No quieres sentarte más cerca?, le pregunté. No, porque estoy contigo, dijo Ryo.

—¿Y eso qué quiere decir?

—Me da un poco de vergüenza.

Lo dijo así, sin más, y se sonrojó un poco.

El hecho de que hablase precisamente de «vergüenza» me ayudó a comprender que mi presencia espoleaba de algún modo sus sentimientos y el corazón me latió más aprisa.

El sonido del bajo retumbaba por toda la sala y me hacía sentir como si algo se agitase en mi estómago. Tal vez había pedido una bebida demasiado fuerte.

Cuando terminó el concierto, Ryo me miró de reojo. No creo que le hubiera gustado a Nahoko, dijo con una sonrisa. Las luces del escenario se atenuaron y me dio la impresión de que el local se estrechaba aún más. Ryo pidió un plato de salami y queso. Yo, pizza. El gin-tonic estaba ligeramente dulce y entraba muy bien. Me emborraché un poco y le acaricié el brazo. ¡Para!, dijo él. Retiré la mano de inmediato. No sabía de qué hablar. Bebí muchos gin-tonics.

No recuerdo cómo volví a casa, pero al día siguiente tenía resaca, la primera vez en mi vida. Ryo se había marchado pronto para ir a la universidad. Mi pelo y hasta la ropa interior olían a tabaco. A partir de ese día empecé a fumar. No tabaco mentolado como otras chicas, sino unos cigarrillos fuertes, seguramente como los que fumaban hombres con trabajos físicos.

A menudo me decían que olía a tabaco.

Yo no lo advertía.

Solo noté el olor cuando lo dejé. Fumé durante diez años y lo dejé en algún momento después de la muerte de mamá. Dejaba de pintar para descansar un poco la mano, la alargaba con naturalidad, sacaba un cigarrillo de la cajetilla, me lo encendía y me lo fumaba. No obstante, en algún momento me aburrí de hacerlo. Desconozco la razón.

Mamá nunca fumó. Papá tampoco.

«Si fumas, la comida no sabe bien. No fumes en el salón, ¿de acuerdo?»

Mamá lo repetía una y otra vez. Solo lo hacía en mi cuarto, en la misma habitación donde ahora duermo con Ryo, y por eso mis libros aún conservan un ligero aroma a tabaco. Los abro y de su interior, de entre las páginas amarillentas, brota un aroma dulzón.

«¿Por qué no lo dejas?»

Ryo insistía mucho. No me gustan las mujeres que fuman.

Le pregunté por qué y se encogió de hombros: «Si al menos fuese contigo».

Me sorprendió su comentario. Ryo me gustaba, pero las cosas absurdas son absurdas las diga quien las diga.

«¡Menuda tontería! ¿Quién decide eso, si se puede saber?»

Él se extrañó de mi reacción.

«Tienes razón. ¿Quién lo decide? ¿Lo decido yo?»

Me pidió perdón.

—A lo mejor tengo celos porque eres la única que fuma en casa.

—¿Celos?

—Sí, celos.

Me miró directamente a los ojos. Los míos se reflejaron en sus pupilas castaño claro. Parecía un poco triste, pero decidí no romper nada. Me contenté con el hecho de que mencionase esos celos. Las minúsculas venas que cruzaban el blanco de sus ojos me resultaron hermosas.

Hubo algunos momentos delicados.

Ocurrió todo mucho antes de la muerte de mamá.

«¿Qué será de mí si mamá muere?»

Se lo pregunté a Nahoko en el transcurso de nuestro viaje. Me acuerdo bien.

«Bueno, los padres mueren antes o después», respondió ella con serenidad.

«Eso ya lo sé, pero ¿te imaginas que se muere mi madre? ¿Mi madre? ¿Morir? Sería peor que un delito. Es imposible.»

«¿Qué dices?», replicó ella.

Y ahí terminó nuestra conversación.

No sé cuál habrá sido exactamente la ocasión más arriesgada. Sin duda cuando saqué el tema. ¿El tema? ¿Qué tema? Ese tema que se me antoja como la cuerda en tensión de un arco.

La cuerda de Ryo solo vibraba de vez en cuando y, por mucho que yo quisiera hacerla vibrar con la mano, se mantenía inmóvil, silenciosa.

Kaoru me habló un día de Nahoco.

—La he visto con Ryo.

—¿Y? ¿Cómo es?

—Una chica normal.

—Ah, sí. Entonces sí debe de ser ella.

Abrió mucho los ojos al escuchar mi respuesta.

—¿La conoces?

—Sí.

—Pero...

¿Pero qué? ¿Por qué no puede ir Ryo por la calle acompañado de una chica normal y corriente? Casi tuve ganas de regañarla.

—He dicho que es una chica normal, pero no es verdad.

—¿Qué quieres decir?

—Me ha dado miedo.

No hubo forma de averiguar la verdadera razón de ese miedo: estaba demasiado pálida, los ojos, la mirada fija en un punto, sus movimientos extraños.

—No se despegaba un segundo de Ryo, como si no pudiera hacerlo aunque quisiera.

—Será porque son novios.

Kaoru negó con la cabeza.

—No. Es otra cosa. Daba la impresión de ir contra su voluntad.

En efecto. Cualquier mujer excepto yo lograba que la cuerda de Ryo vibrase. Nahoco y también otras. Mujeres que aparecían de entre la maleza con su olor asfixiante.

¿Y qué haría él con todas esas mujeres? ¿Qué pretendía acorralándolas de ese modo a pesar de su apariencia inofensiva? Me preguntaba si se volvían silenciosas, si empezaban a desdibujarse precisamente al sentirse apabulladas por él.

Mi especialidad era hablar mal de Nahoco y de las otras chicas.

«¡Déjalo ya!», me regañaba mamá, a pesar de que también a ella le divertía.

Unas veces abiertamente y otras de forma velada, lo cierto era que nos entreteníamos criticando a las novias de Ryo.

Me sentía mal si era yo sola quien se empeñaba en buscarles defectos, por lo que la participación de mamá me suponía un gran alivio. Empujábamos, tirábamos, añadíamos o quitábamos. El juego nos servía para crear un perfil y para reírnos de ellas en secreto. En el fondo era un proceso delicado y minucioso, similar al de la creación de una obra.

¿Qué será de mí si mamá muere?

Cuanto más perfeccionábamos nuestra obra, más me angustiaba esa posibilidad. En otros momentos, por el contrario, deseaba que muriese lo antes posible.

Al terminar de despellejarlas nos preparábamos un café. En verano lo enfriábamos con mucho hielo, en invierno lo calentábamos con leche abundante.

—Seguro que un chico como Ryo acaba con una mujer que lleva los pantalones —dijo mamá.

—¡Qué manera de decirlo! —protesté.

—No subestimes expresiones que se han usado toda la vida.

Mamá se sacudió las manos y sonrió con encanto.

Me preguntaba si papá era plenamente consciente de la suerte que había tenido con mamá. No creo que se trate de suerte, decía él cuando sacaba el tema. En primer lugar, no creo haber tenido nunca suerte en realidad.

Hubo muchas otras situaciones confusas, pero ahora no estoy segura de que lo fueran tanto, porque las cosas siempre ocurren de una manera un tanto confusa.

Debió de ser mientras cursaba quinto o sexto de primaria.

Me tocaba turno de limpieza en el colegio. Estaba cansada y me demoré demasiado. Enjuagaba el trapo sucio de color gris sin llegar a entender por qué cambiaba tanto de color y de textura. Yo misma lo había llevado nuevecito al colegio a principios del trimestre.

¡Pum! Oí un ruido en el patio. Alguien daba patadas a un balón.

«Oye, ¿quieres que te cuente un secreto?»

Shiokawa, una compañera de clase, se plantó a mi lado.

—¿Un secreto?

—Sí, un secreto.

No me apetecía prestar oídos a rumores. Nunca sabía cómo reaccionar cuando chicas con las que no tenía demasiada relación se ponían a cuchichear. Si me mostraba receptiva, todo el mundo empezaba a hacerme preguntas y el rumor se extendía así más y más. Si me mostraba indiferente, me lo reprochaban. Hiciese lo que hiciese, no había forma de esquivar el problema.

—Parece que Shirai se ha besado con alguien.

—¿Besado?

—¿Tú le has dado algún beso a alguien?

—Yo no. ¿Y tú?

—Secreto.

Shirai estaba en la clase de al lado. Tenía el pelo largo y siempre llevaba unos calcetines un poco grandes. Comía muy despacio, y los días que nos tocaba recoger juntas después del almuerzo, ella se quedaba en un rincón mordisqueando un pedazo de pan con cara de asco.

La historia del beso me traía sin cuidado.

—¿Sabes con quién?

¿Cómo iba a saberlo? Me hubiera gustado que Nahoko estuviese allí en ese preciso instante. En ese caso... *So what!*, habría dicho con su acento americano para cerrarle el pico a esa Shiokawa y espantarla. Cuando Nahoko se sentía amenazada por una circunstancia desfavorable, fuese cual fuese, siempre soltaba ese *so what!* para dar por terminada la conversación. Le daba igual que nadie entendiese lo que quería decir.

«Besándote puedes quedarte embarazada.»

Nos explicaban la menstruación en una de las asignaturas, pero en aquel entonces no se impartía educación sexual.

«Mis padres se besan a menudo.»

¡Aaah! Shiokawa lanzó un grito penetrante. Papá y mamá se daban besitos casi todos los días. Ryo y yo pensábamos que era la forma natural de saludarse, y por eso, antes de que empezase a volver solo a casa, él y yo también nos besábamos y, por supuesto, abrazábamos a papá y a mamá.

«¿Y cómo se besan tus padres?», me preguntó Shiokawa con ojos chispeantes.

«Así», le dije acercando los labios a su mejilla.

Recibió mi beso con un gesto serio.

«Yo también quiero darte uno», dijo.

Me rozó ligeramente la oreja con sus labios. Después puso una cara aún más seria y añadió: «Pero el beso de Shirai no era así. Era un beso de mayores».

Sentí un cosquilleo desde el vientre hasta las ingles y pensé que yo también quería uno de esos besos de mayores. Conocía muy bien el objeto de mi deseo, pero hasta ese mismo instante nunca había osado confesármelo. Las palabras de Shiokawa fueron como un cuchillo afilado, me pillaron totalmente desprevenida. En ese momento me concedí permiso, me liberé.

«¿Nos besamos otra vez?», me preguntó Shiokawa.

Y entonces acercó sus labios a los míos. Cerré los ojos y oí el agua cayendo del grifo medio abierto. Por primera vez saboreé la suavidad y la dulzura de unos labios.

Los padres

Sucedió cuando Ryo acababa de cumplir veinte años y yo veintiuno.

Llegó una carta. Era un sobre alargado de color amarillo pálido en el que el remitente había escrito: «Para mis queridos Ryo y Miyako».

Fui al cuarto de Ryo.

—Ha llegado esto.

Vacilé antes de entrar porque no lo hacía desde que él había terminado la secundaria. Ryo, en cambio, contestó con una voz suave.

—Ha llegado esto —insistí—. Mira qué raro.

Apartó los ojos del libro que leía tumbado en la cama. Era un libro grueso, con la cubierta blanca y el texto dividido en dos columnas.

—¿Qué lees?

Extendió el brazo y me enseñó la portada.

—¡Ah, eso!

—¿Tú también lo tienes?

Era un libro difícil. Yo lo había dejado a la mitad.

—Sí, lo tengo.

—¿Interesante?

—Se puede decir.

Me sorprendió que los dos hubiéramos comprado el mismo libro.

Colocó el marcapáginas y se levantó. Le entregué el sobre, se detuvo en nuestros nombres y le dio media vuelta para ver el del remitente.

—Es de Takeji.

Lo sacudió sin abrirlo. Por alguna razón, me dio la impresión de que, en realidad, se trataba de un pedazo de queso a punto de fundirse.

—Ábrelo —le dije.

—¿Por qué yo?

El sobre pasó de mano en mano, como si se tratase de algo siniestro. Finalmente, fue Ryo el encargado de hacerlo. No llegó a abrirlo del todo, y al forzar la carta para sacarla estropeó la letra de Takeji. ¿Por qué no lo abres bien?, le reproché. Arrugó el ceño en una expresión que no le veía desde hacía tiempo.

Fuimos al restaurante que nos indicaba Takeji en la carta.

Era una noche extraña.

La fachada del restaurante era apenas un muro pintado de negro. Habían baldeado la entrada y tan solo estaba iluminada por la tenue luz de un farolillo. Justo enfrente había dos coches aparcados en completo silencio.

No tenía costumbre de usar medias y me picaban las piernas. Le había pedido a mamá su opinión sobre qué ponerme, pero me contestó con frialdad. No podía ayudarme, porque nunca había ido a un restaurante tan fino y ni siquiera quería ir. Lo intenté con papá. Me sugirió un traje de chaqueta, pero no tenía. Al final me decidí por una chaqueta azul marino, una camisa blanca y una falda con vuelo que daban una impresión general un poco infantil.

Ryo optó por un pantalón gris, camisa blanca, una corbata de papá y chaqueta también azul marino. Solía llevar vaqueros viejos y camisetas desgastadas, y me dio rabia verle convertido de pronto en un hombre adulto. Cuando habló, sin embargo, era el mismo de siempre.

—¿Qué tal será la comida? —me preguntó antes de entrar.

—No sé. Entra.

—No, no. Las mujeres primero.

—Es un restaurante japonés, no hacen falta cortesías occidentales.

La camarera nos guio despacio a través de corredores con el suelo de tatami. Takeji nos esperaba en un reservado, sentado de espaldas al *tokonoma,* la alcoba decorativa en la que colgaba una pintura en rollo. Parecía muy distinto al que venía a casa y se ponía a hablar con mamá y papá de cosas intrascendentes.

—Bienvenidos —dijo sin dirigirse a ninguno de los dos en concreto.

La camarera se marchó enseguida y ocupamos nuestros asientos sobre unos cojines grandes demasiado suaves. Estábamos un poco inquietos.

—Poneos cómodos o se os dormirán las piernas.

Takeji se comportaba con nosotros de la manera habitual. Ryo y yo pedimos cerveza, pero él se decidió por el sake caliente. No estaba acostumbrada a que me sirviesen por la espalda. Me incomodaba.

Suponía que nos iba a explicar enseguida la razón de habernos invitado a un restaurante tan formal, pero se concentró en la comida y en la bebida con calma, sin dar muestras de impacientarse.

—En este sitio está todo buenísimo.

—Es verdad, es delicioso.

Ryo se mostraba tranquilo, pero a mí la comida no me sabía a nada de tan incómoda como estaba. No me relajé hasta que empecé a emborracharme. Uno de los pocos recuerdos que conservo de la cena es que

Takeji le hizo un comentario a la camarera sobre la pintura en rollo. También se oía el canto otoñal de un grillo que tenían encerrado en una caja de bambú en un rincón del pasillo. Recuerdo igualmente a una camarera de una belleza desconcertante.

De camino a otro lugar, Takeji se colocó entre nosotros dos. Ya era de noche. Notaba su tibio aliento de borracho. Nos agarró por la cintura y se tambaleó ligeramente.

—¿Sueles cenar en restaurantes de ese tipo? —le preguntó Ryo mientras se limpiaba las manos con una toallita caliente en la barra del bar donde entramos.

—A veces. Cuando quiero agasajar.

—¿Papá también?

Takeji contuvo la risa.

—No. No le gustan ese tipo de sitios. Qué cosas. Si fuera una taberna cualquiera, iría encantado.

Takeji pidió por nosotros. Whisky con soda para Ryo y un cóctel de naranja para mí.

—Os he pedido que vinieseis hoy...

—¿Pasa algo?

La misma pregunta brotó de nuestros labios casi al unísono. Nuestras voces se superpusieron al ruido del camarero y la coctelera. Sonaba música jazz no muy alta, y el alcohol hacía que el local me resultara más amplio de lo que era en realidad.

Takeji canturreó al son de la música. Desafinaba. Quizás porque estaba borracho. Por qué no estaba mamá con nosotros, me pregunté. Después me reí. Por alguna razón me resultó divertido acordarme de ella inesperadamente. Takeji me miró. Después miró a Ryo.

Debo hablaros de algo, susurró.

Ryo y yo nos miramos apenas un segundo. Recordábamos bien el secreto que Takeji nos había revelado tiempo atrás. Bueno, tal vez no se tratase de un secreto, pero en cualquier caso seguíamos sin conocer más detalles al respecto.

—¿De nuestro padre? —le pregunté.

El techo del local era alto. Olía a cigarro habano y el camarero se cruzaba en mi campo de visión sin que yo palpara su presencia.

—Sí, de vuestro padre.

Miré a Ryo. En su rostro no había expresión alguna.

De nuestro padre, murmuré. ¿Papá no era nuestro verdadero padre? Qué palabra tan extraña: padre, padre.

—¿Estás seguro? —le preguntó Ryo.

No entendí el sentido de su pregunta. ¿Seguro? ¿Estar seguro? Takeji aún no había dicho claramente nada sobre nuestro padre. ¿A qué se refería entonces con ese «seguro»?

—¡No me digas! ¿Sabes quién es? —Takeji preguntó a Ryo mirándole directamente a los ojos.

—Creo que sí.

—¿Cómo lo has sabido?

—Lo he supuesto.

—Sí, pero cómo.

—En parte por intuición, en parte por pequeños detalles.

¡Válgame el cielo!, exclamó Takeji dándose un golpe en la frente. Dio un sorbo lento a su Martini servido en copa fina. Dentro de la copa había dos aceitunas pinchadas con sendos palillos plateados. Se comió una después de otra. El cóctel de naranja estaba muy rico, solo un ligero dulzor. Pensé que a mamá también le habría gustado.

—En ese caso, así están las cosas —afirmó Takeji.

Dio otro ruidoso sorbo a su Martini. De hecho, entreví su lengua rojiza.

—¿Qué significa que así están las cosas?

Los dos me miraron como si advirtieran mi presencia por primera vez.

—¿No lo sabías? —me preguntó Ryo extrañado.

—Lo sabía. Lo sabía más o menos, pero no debería ser así, ¿no os parece?

Mi voz sonaba más alta que la música. Me daba cuenta, pero no podía evitarlo. Algunos clientes nos miraron.

Takeji era nuestro padre biológico.

Lo anunció con voz pausada, llanamente, del mismo modo que cuando nos dijo que papá y mamá no estaban casados.

—¿Por qué tienes que decírnoslo ahora? —le pregunté.

—No lo sé. Quizás por las circunstancias, como entonces.

—¿Y por eso nos has enviado una carta tan formal? —preguntó Ryo medio en broma.

Takeji se rio.

—Quería comer con vosotros en un buen restaurante, aunque solo fuera una vez.

Pedimos otra copa. Takeji y Ryo, whisky con agua. Yo, el mismo cóctel de antes.

—¿Tanto te ha gustado? —preguntó Takeji.

—Sí. A mamá también le gustaría. Eso creo.

—Seguro.

Ver que se mostraba tan rotundo me puso los pelos de punta. Me pregunté si seguirían viéndose.

—Hace tiempo que no nos vemos.

—¿Por qué?

—Ella no quiere.

—¿Por qué no estáis casados?

—Vuestra madre no consintió. No le gustaba la idea del matrimonio, y menos aún la de convertirse en la esposa de un hombre con un negocio del sector del papel.

Me imaginaba a mamá de joven, quitándose el problema de en medio con sus razonamientos un poco irresponsables.

—Pero eso no impidió la aparición de Ryo en este mundo.

—Cierto. Yo deseaba hacer el amor con ella. Se lo supliqué. Después vino Ryo.

Ryo no pudo contener la risa.

La noche avanzaba. ¿Por qué se había negado mamá a casarse? ¿Por qué ni siquiera habían intentado vivir juntos? En aquella época vivir juntos sin estar casados era impensable, explicó Takeji. Aunque tener hijos como madre soltera y sacarlos adelante a mí me parecía aún más difícil.

—Así es vuestra madre. Una vez decide algo, no está dispuesta a dar su brazo a torcer.

—En eso tienes razón.

Las respuestas de Ryo y las mías parecían sincronizadas. Nos imaginábamos perfectamente el tremendo quebradero de cabeza que debió de suponer todo aquello para el abuelo y la abuela.

—En fin, al patrón no le quedó más remedio que comprar la casa donde vivís ahora.

El patrón era el abuelo. Pensé en la madre de mamá, muerta durante la guerra.

¿Takeji es nuestro verdadero padre?, me preguntó Ryo en el taxi que tomamos en Ginza. Yo estaba un poco nerviosa porque era la primera vez que iba a usar un vale de taxi. Nos lo había dado Takeji, pero ¿de verdad se podía pagar con eso? ¿Y qué íbamos a hacer si nos pedía efectivo al llegar a casa?

«¿Qué quieres decir?»

Tardé un rato en comprender el sentido de las palabras de Ryo. Las sacudidas del coche me impedían leer el nombre completo de Takeji escrito en el vale.

—Lo cierto es que se trata de algo imposible de confirmar.

—¿Confirmar qué?

—Los hijos solo podemos estar seguros de nuestra madre. En cuanto al padre, al final hay que confiar en ella.

Confiar en la madre, pensé confundida.

—En tal caso, ¿Takeji no es nuestro padre?

—Es una posibilidad que no se puede descartar.

Traté de evocar la cara de Takeji, su apariencia.

—¿En qué nos parecemos a él?

—Yo creo que en nada.

Takeji tenía una sonrisa agradable, espontánea. Mamá y papá no. Ellos siempre mantenían un gesto adusto, como si estuvieran por encima del mundo.

Ryo era igual. Su expresión altiva lo distanciaba de la gente, y eso atraía a las mujeres. Era como mamá. Tiene cara de mujer, decía siempre Nahoko. A él no le hacían gracia nuestras observaciones, pero se limitaba a ignorarnos y al final incluso admitía que, en efecto, tenía rasgos femeninos.

Ryo y yo no nos asemejamos mucho. Es como si papá, mamá y él formasen una verdadera familia, pero cuando entro yo en juego, la impresión se desbarata.

—¿Quieres decir que mamá pudo estar con otro hombre además de con Takeji?

—Es una posibilidad.

¿Con quién?

Cuando creía haber encontrado la respuesta, terminaba por darme cuenta de que era imposible. Suspiré. Pensar en las cosas de mamá era un esfuerzo vano. Sentí el calor de Ryo muy cerca de mí. Dejé caer la mano sin fuerza y acabó junto a la suya. Los movimientos del taxi las acercaron aún más. Otra sacudida, pensé, y terminarán por tocarse. Mis dedos tocarán los suyos. Noté el pulso en mi dedo índice. Miré hacia delante para no pensar en ello. El coche volvió a moverse, pero las manos se separaron. Me sentí aliviada, y al mismo tiempo mi corazón se encogió. Podía escuchar los latidos. Me ardían las orejas.

Quería romper algo, pero no lo hice. No era el momento, pensé. El momento de hacerlo terminaría por llegar. Estaba convencida. Tenía el presentimiento.

¿Acaso somos de la misma sangre?

En la medida en que hemos vivido juntos desde niños, sí. Eso me dijo Ryo en el taxi aquella noche. En ese caso, ya que vivimos bajo el mismo techo desde el año 2013, ¿significa eso que somos familia?

«Más que familia, personas que se apoyan mutuamente desde siempre.»

Se rio.

—Hablas como si fuéramos viejos. Si te oyeran papá y Takeji se enfadarían. Si nosotros somos viejos, ¿entonces ellos qué son?

—Podríamos hacernos una prueba de ADN —dije sin venir a cuento.

—¿Una prueba de ADN?

—Sí. Ya lo propusiste en una ocasión, para asegurarnos.

—¿Eso dije?

—Me acuerdo perfectamente.

—¿Y después qué?

—...

Fui incapaz de responder a su pregunta. De hecho, siempre había evitado responderla.

¡Qué calor hizo ese verano! Había plantado una trepadora junto al muro del jardín que al final dio tres frutos. Cuando madurasen tenía la intención de sacarles toda el agua de su interior. Ryo emitió una especie de gemido. Mamá siempre hacía esponjas con esos frutos desecados. Con el agua sobrante llenaba casi una botella grande de sake, y se ponía muy contenta.

Las noches de verano, Ryo y yo nos tumbamos juntos en la cama. A eso de las tres de la madrugada, cuando el temporizador apaga el aire acondicionado, el calor me despierta y me sorprende verle a mi lado. Antes de dormirme no pienso en nada, pero nunca dejo de extrañarme cuando le descubro junto a mí. No sé si llegaré a acostumbrarme algún día a su presencia en plena noche.

Le toco el hombro. Lleva una camiseta de tirantes y la parte expuesta de su piel se ha enfriado.

Vuelvo a encender el aire y cierro los ojos. Tras mis párpados cerrados se forma la imagen de Ryo cuando aún estaba en secundaria, después cuando tenía veinte años y, por último, justo antes de morir mamá.

Hasta que volvimos a esta casa, las ocasiones de estar juntos nunca dejaron de disminuir: aquel trayecto en taxi la noche en que Takeji nos confesó que era nuestro padre; cuando nos quedábamos solos en casa las raras ocasiones en que mamá y papá salían juntos; cuando coincidíamos en el tren después de clase; la noche que fuimos a un concierto de jazz. Habíamos vivido bajo el mismo techo todo ese tiempo, pero apenas habíamos tenido oportunidad de estar solos.

Quizás mamá comprendía mis sentimientos. Quizás comprendía también los de Ryo. El agua de los frutos de la planta trepadora era muy untuosa. Al parecer tiene un alto contenido en glicerina. Me arrepiento de no haber prestado atención a las explicaciones de mamá sobre cómo usarla. Ella ya no está para decírmelo. El arrepentimiento adopta formas extrañas para atacarnos, y no siempre a través de las emociones, también se sirve de las cosas del día a día.

Desde que supe que Takeji era nuestro verdadero padre empecé a distanciarme de él, pero Ryo no. Ellos se veían a menudo, aunque lo supe mucho después, un día que papá se fue de la lengua.

—¿Tan a menudo se ven? —le pregunté.

—No tanto, cada seis meses más o menos.

Noté que me contestaba con reticencia. Te pareces a tu madre, murmuró lanzándome una mirada furtiva. Sí, me parezco a mamá cuando me enfado.

—¿Estás celosa?

En la comisura de sus labios se dibujó una especie de sonrisa, aunque no lo era en absoluto.

—¿Por qué debería estar celosa?

—No lo sé, pero estás enfadada.

Ni yo misma sabía por qué estaba enfadada.

—¿Por qué has vivido siempre con mamá si nunca habéis sido marido y mujer?

Lancé mi pregunta en un tono agresivo, con la clara intención de molestar. Era la primera vez que le hablaba así.

—¿Alguna vez se lo has preguntado a mamá?

Volvió a esbozar el mismo gesto, pero en esta ocasión sí se convirtió en sonrisa.

—No, nunca.

—Pues deberías. ¿Por qué no lo haces?

—Me da miedo.

Estalló en una risotada. Sí me había atrevido a preguntarle sobre Takeji. ¿Le querías? Si le querías, ¿por qué no te casaste con él?

Ya no me acuerdo.

Mamá se limitó a ofrecerme esa respuesta.

A veces salía ella sola. Lo hacía cuando éramos pequeños y continuó haciéndolo cuando crecimos. Siempre me pregunté adónde iba.

Padre, madre. De vez en cuando susurro esas palabras como si encontrase algún placer en hacerlo.

Yo no me he convertido en madre, y no sé si Ryo será padre algún día. Me gustaría mucho conocer a su hijo, comprobar si se parece a él. Me pregunto si sería un niño de mirada limpia, si correría rápido. ¿Se torcería ligeramente su sonrisa por culpa de la vergüenza o al intentar sofocar un poco la alegría? ¿Le olería el pelo a sol? ¿Querría Ryo para siempre a la madre de sus hijos o terminaría por detestarla? ¿Se parecería su hijo también a la madre?

¿Sabes que nunca he visto llorar a tu padre?, me decía mamá algunas veces.

Yo aún no sabía que en realidad no eran marido y mujer. ¿Ha sido así desde que os casasteis?, le pregunté.

Cuando supe que era su hermano mayor, cambié un poco la formulación de la pregunta: «¿Ha sido así desde niño?».

En ambos casos, mamá solo respondía que no lo sabía, como si estuviera en la luna.

Al menos de una cosa no había duda: los sentimientos de papá no eran fáciles de interpretar. Siempre con su media sonrisa, luciendo una aparente despreocupación, y solo en determinado momento terminé por comprender que solo era eso, un gesto tras el cual no había nada.

Recuerdo cuando murió la abuela.

No tenía costumbre de asistir a funerales y no entendía el desarrollo de la ceremonia. Papá y mamá estaban sentados uno al lado del otro e inclinaban la cabeza todo el tiempo para agradecer la presencia de los numerosos asistentes. La mayor parte de la gente, no todos, los miraba con cara de extrañeza. El monje recitaba los sutras y yo escuchaba los cuchicheos que algunos ni siquiera se molestaban en disimular. Me preguntaba si en todos los funerales ocurría lo mismo.

«Parece que la gente se divierte», le dije a Ryo al oído. Él frunció el ceño. «No seas idiota.» Se estiró el traje y se puso muy derecho. Todavía era más bajo que yo, pero a su alrededor ya flotaba una atmósfera peculiar que anunciaba el estirón.

Papá sonreía.

(Ya decía yo que los funerales son divertidos. El idiota eres tú, no entiendes nada de nada.)

La muerte de la abuela y mi dolor no contradecían el hecho de que a mí la ceremonia me pareciese una fiesta.

Seguía llegando gente, el humo de las varillas de incienso ascendía sin descanso al ritmo de las salmodias.

A la cremación, sin embargo, no asistieron más de veinte personas. Mientras esperábamos a que la abuela se convirtiese en apenas un montón de ceniza y unos cuantos huesos, mamá, papá, Ryo y yo nos sentamos en una pequeña extensión de césped junto al aparcamiento.

«¡Ah, qué agobio toda esta gente!», se quejó mamá tratando de arreglarse su melena corta. El vello de la nuca revoloteaba al viento.

Papá se había quedado mudo. Allí sentado en la hierba, tenía la misma expresión impenetrable de siempre, las comisuras de los labios un poco retraídas. ¿Sonreía? ¿Estaba enfadado?

«¡Qué buen día hace! Me gustaría morir con un tiempo así de agradable, pero es obvio que eso no se puede elegir como si fuera un menú.» Yo servía de interlocutora a mamá, que no dejaba de hablar. Ryo, como papá, guardaba silencio.

Pronto nos llamaron y regresamos en fila al edificio. Los huesos de la abuela estaban dispersos sobre una mesa metálica. Era una mujer pequeña, quizás por eso no hay gran cosa, murmuró alguien. Un empleado de la funeraria nos mostró el hueso de la laringe, y todos los presentes nos inclinamos despacio en señal de reverencia.

«¿Podría usted darme uno?», preguntó papá mientras los colocaban en una urna y el encargado se afanaba por recoger los últimos restos de polvo fino y blanco.

Alguien tosió. No sé quién. Aquí tiene, le dijo el empleado sacando de la urna un pequeño fragmento. Lo depositó en su mano.

«¿Sabe usted qué hueso es?»

«No», dijo el hombre, concentrándose de nuevo en la urna.

La mesa metálica estaba impoluta.

Los cuatro volvimos al templo para la ceremonia, comimos conforme dictaba la tradición y luego nos apretujamos en un taxi.

—Dime... —dijo mamá cuando estábamos a punto de llegar a casa—. Has llorado, ¿a que sí?

La pregunta salía del asiento trasero y se dirigía al del copiloto ocupado por papá.

—No.

Se sacó del bolsillo el pequeño fragmento de hueso.

—Has llorado cuando te lo han dado.

—¿Cómo hace un ser humano para llorar? Ya no me acuerdo.

Papá hablaba para el cuello de su camisa. Nos pasamos el hueso por turnos. Ryo primero, luego mamá, por último yo. Nuestros ojos miraban hacia abajo. Era un hueso color rosáceo, parecía estar teñido. Se debía a la reacción de algún producto químico durante la cremación, le había explicado el empleado de la funeraria a papá. Es muy bonito, dijo mamá con voz dulce.

Papá tampoco lloró cuando murió mamá.

En torno al año 1986

A fin de cuentas, nacemos y es como si en el mismo instante de venir al mundo nos abandonasen en mitad de una inmensa duna de arena blanca.

Eso me dijo Ryo un buen día.

No recuerdo si todavía éramos estudiantes o si fue después de la muerte de mamá.

La muerte de mamá es un punto de inflexión en mi memoria. Tal cosa ocurrió antes de su muerte, tal otra después. Es mi referencia cuando necesito verificar algo.

«Una duna blanca... ¿Qué quieres decir?»

Ryo titubeó, como si buscase las palabras adecuadas, pero no tardó en responder a mi pregunta: «Una gran extensión de arena salpicada de hierbas aquí y allá pero sin protección alguna contra la intemperie, totalmente expuesta a los peligros, un lugar abstracto, borroso, indiscernible».

Una duna blanca donde no hay nada a excepción de Ryo y yo, los dos solos en el mundo... Desde entonces, a menudo imagino un paisaje como ese. Lo veo cuando escurro el trapo con el que friego el suelo del pasillo; cuando me llaman del trabajo, descuelgo el teléfono y sobreviene un segundo de silencio; cuando desde la ventana del tren contemplo los macizos de azaleas en flor que cubren los taludes a lo largo de la vía; cuando no sé cómo escapar de la muchedumbre; es en instantes así cuando se me aparece la imagen de una duna.

Ha cambiado de aspecto con el paso del tiempo. En realidad, en un principio no había nada. Únicamente una luz cegadora que lo inundaba todo, una luz tan deslumbrante que la totalidad de mi campo visual terminaba por sumergirse en una oscuridad bajo la cual se extendía la duna hasta el infinito. Sin embargo, una inmensa sombra aparecía después en el horizonte para desaparecer enseguida. El agua ascendía ligeramente y pronto se retiraba, las juntas se contraían, se dilataban, la luz perdía intensidad y el alba daba paso al atardecer para extinguir al fin el día; un árbol creció donde antes no había nada; después un bosque que se volatilizó inesperadamente hasta convertirse de nuevo en una duna blanca y lisa que volvía a ocuparlo todo.

«Mi mente alberga la imagen de una enorme extensión de hierba en verano», dejó escrito Ryo en un pedazo de papel clavado en la pared de su antiguo cuarto, el mismo que ahora está cerrado a cal y canto.

Qué significa eso, le pregunté. Es un *haiku* de un tal Takaya Shoshu. Extraño y hermoso a un tiempo, ¿no te parece? Si todavía utilizaba su cuarto, la escena debió de tener lugar antes de que a mamá le diagnosticaran el cáncer. En cuanto a la extensión de hierba y la duna blanca, no sé si logré establecer una relación entre ambas cosas, aunque seguramente no me esforcé en ello. El papel terminó por desaparecer, sobra decirlo.

Yo creía que del pasado solo hablaban mamá y papá.

Al final, Ryo y yo también nos acostumbramos a hacerlo.

En Shinjuku había una gran tienda de alimentación que se llamaba Niko. Ryo aún debía de estar en secundaria. Fue Nahoko quien nos llevó.

«No es cara y tienen de todo. Vengo aquí cuando me toca comprar cosas para vender en los puestos de la fiesta del colegio.»

Nahoko iba a un colegio privado de Tokio y, según decía, compraba en ese establecimiento a menudo. Ryo y yo solíamos acompañar a mamá a unos grandes almacenes. Elegíamos ropa, cosas necesarias para el día de difuntos y para fin de año, e incluso alguna bufanda para papá. Después comíamos en un restaurante cercano y siempre pedíamos langostinos fritos.

En el rótulo de Niko habían escrito GRANDES ALMACENES, pero en realidad era un supermercado normal. Espoleados por la curiosidad, Ryo y yo seguimos un día a Nahoko sin dejar de preguntarnos qué clase de tienda sería aquella. De camino nos llamaron la atención unos hombres sentados en el suelo con unas cintas blancas alrededor de la frente. Nos miraban fijamente.

—¿Quiénes son?

—Seguramente mutilados de guerra —dijo Nahoko vacilante.

Niko ocupaba el actual edificio Alta. Hombres con camisas blancas remangadas y viejos mal afeitados salían de allí cargados con sacos de legumbres.

—Venden a todo tipo de negocios, ¿sabéis? —nos explicó Nahoko.

—¿Negocios?

—Sí: bares de alterne, tabernas...

¿Tabernas? Era la primera vez que escuchaba esa palabra.

—Tu padre nos llevó una vez a mi madre y a mí —dijo Nahoko despreocupadamente.

—¿Y qué clase de sitio es ese?

—Se bebe alcohol.

Estaba en Shinjuku. Matsuko había pedido un cóctel de color azul, papá una bebida transparente con una aceituna flotando en medio y Nahoko un zumo de lima.

—¿No tomaste alcohol?

En casa nos dejaban beber cerveza. En Año Nuevo, o con ocasión de algún cumpleaños, mamá nos llenaba el vaso y decía que había que enseñarnos a resistir el alcohol.

—¡Por supuesto que no! —dijo Nahoko, aunque enseguida admitió que se había bebido al menos un tercio del cóctel de su madre.

En la tienda había un olor muy distinto al de los grandes almacenes que frecuentábamos, y tampoco se parecía en nada al de nuestra casa de Suginami. Recordaba a ese olor tan peculiar que se advertía en el barrio de Ameyoko, cerca de la fábrica de papel.

—Vuestro padre dice que aún se respira el aire de posguerra en esa zona.

Compramos una docena de caramelos, Coca-Cola y dos bolsas grandes de galletas saladas. Mamá se sorprendió al vernos de regreso cargados de chucherías. Le ofrecimos unas cuantas galletitas.

«Está bien, pero la próxima vez compradlas en caja y que sean de Niigata. Las otras no son lo bastante picantes.» Era su forma de expresar que nuestro pequeño regalo no le había gustado.

—No me acuerdo —dijo Ryo negando con la cabeza—. Es cierto que por aquel entonces íbamos más por la zona de Kichijoji que por Shinjuku. Había muchas tiendas coquetas en las calles traseras mal iluminadas. Estaba Garando, Manchara y, por la parte más luminosa, el Boga. Por cierto, ¿fuiste alguna vez al Blue Zone?

—No.

—Nunca te lo he contado, pero desde el instituto hasta terminar la universidad salía un poco por todas partes.

—¿Y por qué no me lo has contado?

—Porque uno no suele hablar de los sitios donde se encuentra con sus conocidos.

Contuve la risa como pude. Siempre había pensado que en la vida de un estudiante apenas quedaba tiempo para salir y alternar con conocidos, pero, bien pensado, no tenían por qué ser sitios donde se vendiera alcohol. Bastaba con una cafetería tranquila como la de una calle cualquiera, donde uno se puede pasar las horas muertas con una sola consumición.

¿Sabías que el Blue Zone estaba lleno de chicas guapas? Había incluso una modelo. Fue allí donde conocí a Nahoco.

Se reunían estudiantes, oficinistas, chicos que aún no habían terminado la secundaria pero eran más maduros de lo normal para su edad. En fin, era un local extraño con todo tipo de gente y unos pocos asiduos. Abría cuando a la jefa le venía en gana. Era una mujer pequeña, delgada, con el pelo recogido en un moño en la parte alta de la cabeza, siempre vestida con vaqueros y camisas de flores. Servía sake, café y té. Recuerdo que a Nahoco le gustaba el té ruso con confitura en lugar de azúcar.

Cruzaba uno la puerta y tenía que agacharse de lo bajo que era el techo. El interior estaba siempre oscuro, aunque fuera hiciera un día radiante, y al fondo de la pequeña barra, a la derecha, siempre estaba la jefa. En mitad de la sala el techo seguía siendo tan bajo como en la entrada; si no me equivoco, había un maniquí todo pintarrajeado, pero en aquella oscuridad era imposible distinguir los dibujos.

En la barra solo había sitio para tres, y el del centro solía ocuparlo un cliente que siempre iba solo. Las pocas mesas del fondo eran viejos barriles metálicos reciclados. Alrededor de ellos se sentaban grupos de estudiantes que discutían sin fin, con las caras muy cerca unas de otras, sobre asuntos en apariencia complejos, pero sin ninguna trascendencia en realidad. Por alguna razón todos nos tratábamos con diminutivos. A mí me llamaban Ryo-chan: a Nanaco, Nana-chan; Yamada-chan, Takagi-chan, etcétera. Nunca dejó de extrañarme ese sufijo *-chan* añadido a nuestros nombres, pero seguramente en aquel entorno tenía sentido.

Nos llamaban «los inexpresivos», «la nueva especie humana», algo así. Detesto las etiquetas, pero lo cierto es que estábamos como vacíos. ¿Y tú, Miyako?, ¿cómo te sientes ahora?

Vacía.

Nunca había pensado en mí misma bajo el prisma de esa palabra.

Mamá siempre estuvo llena, llena de algo, y eso me hizo suponer que también yo lo estaba.

Vuelvo a evocar el pasado. Al final de la calle principal de Kichijoji había una librería, Unita. Nunca la visité con Ryo, pero sabía que él se pasaba por allí de vez en cuando y tenía curiosidad por conocerla.

Era un lugar angosto, mal iluminado.

Justo al lado estaba el Bambi, donde iba a menudo con mis amigos de la universidad. Podías pedir una hamburguesa, arroz y un cuenco de sopa de miso por apenas trescientos yenes. Servían la hamburguesa en una plancha de hierro con un huevo encima, arroz y un buen montón de espaguetis de guarnición. Por si no bastara, dejaban más arroz en un cuenco aparte, y eran muy generosos con la ración.

Siempre tenía hambre. Comía en el Bambi hasta saciarme, pero el vacío en la boca del estómago no cesaba.

Vacío.

¿Se trataba realmente de eso? ¿No era el hambre síntoma de un vacío más profundo? ¿Estaban igualmente vacíos papá y mamá? ¿Acaso las bombas que arrojaron sobre Tokio durante la guerra iban tan cargadas en su interior que al explotar vaciaron a todo el mundo?

—¿Tú no piensas nunca en eso? —me preguntó Ryo—. ¿No crees que las cosas pudieron ocurrir así?

—¿Qué quieres decir?

—No nos constituye el significado que revisten los acontecimientos, las cosas que han pasado. Existimos, simplemente, en función de lo que llega, somos quienes somos por puro azar (podríamos ser completamente distintos), y no vale la pena buscar más allá, ¿no crees?

—Visto así, todo carece de sentido.

Miré a Ryo de mala gana. Si la conversación avanzaba por ese camino, amenazaba con pisar terreno resbaladizo. Era mejor no abrir la caja de los truenos. Después de todo, nosotros la habíamos construido y más tarde la habíamos cerrado con una cinta elegante... Y ahora estábamos a punto de desatarla.

«¿Por qué quieres darle sentido a todo esto? ¿Cómo puede tener el más mínimo sentido?», preguntó Ryo como si cuchicheara.

¿Aún existía esa caja de los truenos? El cuarto de Ryo había estado cerrado, como el resto de la casa, durante mucho tiempo, y dentro de esa caja, como sucedía en su cuarto con el tictac de los relojes marcando el tiempo, ¿no existía también una especie de canto que recitaba el porvenir?

Showa. Aún hoy me cuesta pronunciar esa palabra. Mamá murió en la era Showa. Unos años más tarde murió también el emperador y se inició la era Heisei; ya han pasado veinte años casi sin darme cuenta. Según el calendario gregoriano estamos en el año 2013, y esos trece años del tercer milenio corresponden para mí a la era Heisei.

Quizás el tiempo se detuvo en mi interior el verano en que a mamá le diagnosticaron un cáncer. Obviamente no ocurrió, pero dentro de mí es como si hubiera echado a andar un tiempo paralelo, un tiempo detenido, suspendido, y todavía habita en mí.

Aquel verano había un pájaro que cantaba mucho. Era un canto grave, profundo.

Un perro subía un escarpado sendero de montaña. El presentador de la tele explicó que se trataba de un perro de rescate. Yo estaba preparando la cena y aún no sabíamos nada del cáncer, a pesar de que mamá se cansaba mucho. Sin embargo, se negaba a ir al hospital.

«¡Qué más da saber el nombre de la enfermedad! Cuando uno se muere, se murió. Punto.»

Su voz aún sonaba vigorosa y yo no sabía qué prepararle para cenar. «No quiero desperdiciar nada —decía—, pero no me gusta cómo cocinas, Miyako».

Tenía el cuchillo en la mano cuando oí una terrible noticia. Mamá miraba la tele tumbada en el sofá. «¡Válgame el cielo!», gritó.

¿Qué pasa? Me planté a su lado de un salto con las manos mojadas y el delantal puesto. «Los radares han perdido el rastro del vuelo JAL 123 de Tokio a Osaka. Repetimos: se ha perdido el rastro del vuelo JAL 123 de Tokio a Osaka...»

Lo repetían una y otra vez.

¿Qué habrá pasado?, musitó mamá. No me pareció su voz, sino la de la abuela. Hablaba deprisa, en un tono muy distinto al de siempre. La abuela hablaba deprisa. Papá me explicó que era típico de los tokiotas. «Siempre me ha molestado esa forma tan cortante de hablar.»

El telediario de las siete terminó, pero continuaron dando la noticia. «El Nido del Águila», dijo mamá. Era un nombre con resonancias muy agresivas. En cuanto determinaron el lugar exacto donde había caído el aparato, su tono de voz se volvió melancólico. Ya no hablaba como la abuela. En aquel momento la metástasis debía de haber empezado a extenderse por todo su cuerpo.

Comió sin levantarse del sofá. Se llevaba la comida a la boca y ponía cara de asco.

«Hago lo que puedo, mamá.»

«El esfuerzo y el resultado no guardan ninguna relación.»

¡Qué cosa más aterradora ese accidente en la Unión Soviética!

Mamá estaba tumbada en la cama y hablaba con una media sonrisa en los labios, como si comentase un rumor sobre algún conocido.

Cuando la ingresaron en el hospital, empezó a leer el periódico de cabo a rabo. Siempre le habían gustado los libros y aseguraba estar intoxicada por la letra impresa.

«Pero ya no me interesan tanto como antes», se lamentaba. Nos esforzábamos en buscarle novelas de misterio, ensayos de sus autores favoritos, pero ni siquiera los hojeaba. Solo quería periódicos.

«Me aburro de leer el mismo todos los días. Quiero que me compres más aparte del que nos mandan a casa.»

A partir de entonces, empecé a frecuentar el quiosco de la estación y a comprar prensa de todo tipo, incluida la deportiva.

Mamá los abría siempre por la sección de sociedad y leía muy atenta las necrológicas. Era una especie de ceremonial.

«¡Lo ves! Era más joven que yo.»

Señalaba una esquela con el dedo y después me miraba fijamente a los ojos. Ya le habíamos dicho que su enfermedad era cáncer. Era justo el momento en que aún discutíamos con el médico si la radioterapia le iría bien o no. El doctor nos explicó que no era un tratamiento curativo, tan solo paliativo.

«Hace tiempo leí una biografía de Marie Curie. Desconocía que había sido pionera en los estudios sobre la radiactividad.» Mamá me lo dijo un buen día, sin previo aviso. Al principio no sabía de qué me hablaba.

Al final de su vida desarrolló una leucemia incurable, pero no la relacionaron con su trabajo, que la exponía a la radiación. ¿No te parece un engaño? Es una cosa terrorífica. Mira lo que les ha ocurrido a los pobres habitantes de Chernóbil... Volvía a abordar el tema como si se tratase de un asunto de familia, pero por fin comprendí que establecía una conexión entre la radioterapia, Marie Curie y Chernóbil.

No quiero seguir más tiempo en el hospital. Todo es demasiado blanco en este lugar. No tiene fin. Es completamente plano. Se quejaba en voz baja, cada vez más baja. Acababan de ingresarla y ya quería volver a casa. Todo es demasiado blanco, repetía. Me acordé de Ryo y su gran duna blanca.

«¿Cómo habrían sido las cosas de no haber estallado la guerra?» También yo me hacía preguntas de ese tipo en voz baja, con la vana esperanza de que el crujido del papel de periódico silenciase mis palabras. Mamá, sin embargo, no las dejaba pasar.

«Pues me habría convertido en una persona de bien, estoy segura.»

Se rio. Hacía tiempo que no la veía reír.

«Yo no he conocido la guerra y no creo ser una persona especialmente de bien», dije.

Mamá clavó sus ojos en mí.

«La gente de bien, las personas honestas no suelen ser demasiado interesantes, y a Ryo y a ti nunca os ha gustado lo que no tuviera interés. Qué le vamos a hacer. Después de todo, sois hijos de papá y míos.»

—No somos los hijos de papá.

—Más que los lazos de sangre, cuenta la educación.

Mamá se tumbó en la cama. Estaba agotada. Le agarré la mano y la acaricié despacio. Tenía la piel reseca y, aunque no iba maquillada, seguía siendo ella. Aproximadamente un mes después de aquel día, volvió a casa.

El final de la era Showa me pilló en el descansillo de las escaleras.

Para ser un poco más precisa, diré que estaba a punto de poner el pie en un peldaño que conducía al rellano donde estaban los buzones.

Aún no había amanecido. Acababa de empezar el año y había pedido un aplazamiento en la fecha de entrega de un trabajo que debía haber terminado en diciembre. Me había pasado la noche en vela dibujando y tenía los ojos hinchados. Unos cuervos graznaban en la calle. Oí el ruido del paso a nivel al cerrarse cerca de la estación de Higashi-Matsubara. El sonido del tren antes del amanecer me pareció muy triste.

Casi estaba a punto de pensar en Ryo, pero no tenía las ideas claras y preferí dejarlo para otro momento.

Saqué el periódico del buzón y volví a subir las escaleras. Al entrar en casa encendí maquinalmente la televisión y comprobé que todos los canales daban la misma noticia.

El esfuerzo de toda una noche en blanco había terminado por quitarme las ganas de dormir. Dejé la tele encendida. Escuché la música fúnebre que salía por los altavoces con un poco de retardo. Abrí la ventana. Una bocanada de aire frío me acarició las mejillas y el cuello.

Hablar con alguien. Sí, necesitaba hablar con alguien. ¿Pero con quién?

Ojalá estuviera mamá, pensé con profundo dolor. Casi no había sentido tristeza desde su muerte, al contrario que mientras aún vivía y yo era consciente de que no tardaría en morir. De hecho, la tristeza me había dominado por completo. No entristece tanto la muerte de un ser querido como su desaparición, la imposibilidad física de volver a verlo, de hablar con él.

¡Mamá!, la llamé. ¡El emperador ha muerto! ¿Ha ido a donde tú estás?

¿Cómo va a venir aquí? Para empezar, estoy muerta, así que no tengo nada que hablar contigo. Si tan triste estás, ¿por qué no bebes sake y te dedicas a alborotar un poco?

Miré el reloj. Faltaba poco para el mediodía. ¿Qué había hecho desde el amanecer? Tal vez me había quedado dormida en el sofá. ¿Había sido un sueño? Estaba segura de haber escuchado la voz de mamá. ¿De verdad era un sueño? Puede que fuera el presagio de mis sueños recurrentes con ella a partir del momento de irme a vivir con Ryo.

Me metí en la cama y me quedé profundamente dormida. Cuando desperté al día siguiente ya era más de mediodía. Los periódicos de la mañana y de la tarde llenaban el cajetín del buzón. Nunca antes había visto impresos unos caracteres tan grandes en los titulares. Por alguna razón, los ideogramas que formaban la frase «Muere su majestad el emperador» me dieron la impresión de guardar un delicado equilibrio.

La boda de Nahoko me sorprendió un poco. Acababa de salir de una relación con un hombre al que quería y apenas dos meses más tarde se casaba con otro. No era un matrimonio al uso, por así decirlo. Habían salido juntos tiempo atrás y ella le había dejado por aburrimiento.

—¿Dejar? No me parece la palabra adecuada —protestó.

—Pero... Dijiste que...

Es un hombre al que puedo llegar a querer. Estaba convencida de que diría algo así.

«Hay que enamorarse. No tenemos otro remedio. De pronto tengo ganas de casarme, me da la sensación de que mi cuerpo quiere un hijo. Quizás por eso me he vuelto a enamorar de él.»

Se refería al hombre al que había dejado tiempo atrás. Entonces, ¿le amas? ¿Amas al hombre con el que te vas a casar? Volví a preguntárselo y ella se rio.

—En fin, Nahoko. ¿Acaso no crees que el amor es el principio esencial del matrimonio?

—¿De qué hablas? No entiendo lo que quieres decir.

No dijo más, tan solo sonrió, pero en su expresión había algo de conmiseración.

—Estoy segura de que tú no te casarás, Miyako.

—Pues tengo novio, ¿sabes?

A veces me cruzaba con hombres que me deseaban, y cuando estaba con ellos me sentía agasajada sin necesidad de palabras. Cerraba los ojos, apoyaba la cabeza en su pecho y escuchaba los latidos del corazón. En momentos así me sentía muy agradecida.

—Pero no le quieres, ¿verdad?

—Sí, le quiero.

—¿En serio? Porque yo sé a quién quieres tú en realidad.

No entendí a qué venía ese misterio. Ahora que mamá ya no estaba, ella era la única capaz de hablarme así. Pensé con nostalgia en Nahoko. Con nostalgia a pesar de tenerla enfrente. El hombre con quien se iba a casar tenía buena planta, unas cejas bien pobladas. Habíamos salido a beber juntos en una ocasión, me servía atentamente en cuanto el vaso se vaciaba. Él bebía lo mismo que Nahoko.

«¿Qué clase de familia te gustaría formar?», le pregunté.

«Una familia feliz», respondió él.

Miré a Nahoko y me guiñó un ojo. A mí no me hace falta que sea feliz, dijo ella. Si nos casamos con ideas preconcebidas en mente, estoy segura de que no nos irá bien.

La casa nueva de Nahoko olía verdaderamente bien. En general me cuesta acostumbrarme al olor de la casa de otra persona, pero el de la suya me gustaba. Poco después de aquello yo lo dejé con mi novio, aunque no tardó en aparecer otro con el que estuve conviviendo una temporada. Nahoko venía a verme de vez en cuando con sus hijos pequeños a mi apartamento de Higashi-Matsubara.

Todavía soy capaz de recordar mi primer beso. Por el contrario, apenas tengo memoria de la primera vez que me acosté con un chico.

Me sorprendió mucho la dulzura de sus labios. Hasta entonces siempre me había figurado el cuerpo de los hombres como algo duro. Me sorprendió también lo blandos que eran mis labios. En cuanto nos rozamos, sentí como si mi cuerpo entero se hundiese.

No podía evitar pensar en Ryo besando a otras chicas. ¿Cómo se sentirían al notar la dulzura de su boca? Metí la lengua en la boca del chico y él se asustó. Después sujetó mi cara entre sus manos.

Me costaba trabajo respirar, la dulzura desapareció. Me parecía que su lengua se agitaba como un bicho con vida propia. De hecho, me pregunté si no era así en realidad. Pensaba en todo eso mientras mis ojos se movían sin parar. Contemplé el paisaje a mi alrededor. Estábamos en un parque. Era de noche. De pronto no sabía por qué estaba en ese lugar. No, en realidad lo sabía perfectamente. Habíamos subido en un tren, nos habíamos bajado en la estación que estaba junto al parque, habíamos paseado, tomado un refresco y esperado a que oscureciese para besarnos. Me asaltó un gran cansancio. Me esforcé por refrescar el amor que creía sentir, como si atizase unas brasas. El chico dejó escapar una especie de grito sordo y sus movimientos se hicieron más intensos. Tenía frío en las piernas. Levanté la vista y vi la luna en el cielo. Estaba en cuarto creciente. Parecía una ceja ligeramente arqueada.

Tuve la certeza de que Nahoko, mamá, la abuela y todas las mujeres que conocía habían pasado por esa misma experiencia. Solo hacía lo que ya habían hecho antes todas ellas. En tal caso, ¿llegaría a entender también la profundidad de sus sentimientos?

Los hombres eran cariñosos conmigo, pero al final terminaban por alejarse de mí. Entonces me quedaba triste, tan triste como aquella noche en que vi la luna en cuarto creciente en el cielo.

Nunca le presenté a mamá a ninguno de mis novios. «¿Te gustaría conocerlo?», le pregunté en una ocasión a papá cuando mamá ya había muerto. Si tú quieres, sí. Podríamos ir juntos a beber algo. Papá sonrió. Papá, el chico con el que vivía y yo salimos juntos algunas veces a beber.

«Es un buen chico y te quiere mucho», me dijo papá. Cuando le conté que nos habíamos separado se puso a parpadear sin cesar. ¡Qué lástima! Era un buen tipo. A pesar de sus palabras, no parecía lamentarlo de verdad. Es una lástima, sí, porque ha sido una de mis últimas oportunidades de expiarme. Papá me miró fijamente.

—¿Expiarte?

—Es que...

—Tienes razón. Mamá y yo nunca lo hicimos —me dijo con aire divertido y dándome una palmadita en el hombro.

Me pregunto si papá también lo sabía, no solo mamá. Lo ocurrido aquella noche de verano cuando cantaba un pájaro con un canto grave y profundo. No, me equivoco al cargar toda la responsabilidad en lo sucedido aquel verano. Eso siempre había existido. Tal vez existía desde el mismo instante en que Ryo y yo vinimos al mundo.

1986

Mis oídos empiezan a captar un tictac. En un primer momento no llego a distinguir si se trata de un reloj o de otra cosa, pero enseguida me percato de que, en efecto, es el reloj; aunque en ese preciso instante el sonido vuelve a convertirse en un simple ruido.

Veo puntitos brillantes, flotan en el aire y comprendo que sufro hipotensión. Mi cuerpo se enfría. Pierdo la sensibilidad en la punta de los dedos de las manos y de los pies.

Cierro los ojos. Ante mí se despliega una especie de niebla blanquecina. No debería verla con los ojos cerrados, pero los esfuerzos por calmarme no la hacen desaparecer.

Tengo la sensación de mecerme, como una hoja arrastrada por el viento. Estoy en casa. Nada debería preocuparme. Me dejaré llevar por la corriente de aire. ¡Mamá!, intento decir sin que la palabra llegue a transformarse en voz.

Estoy tumbada en el sofá. Me dejo llevar. Veo fragmentos de imágenes. Sigo con los ojos cerrados.

Hay un hombre acostado a mi lado. Me da la espalda.

Sobre su espalda desnuda destaca algo pálido. Es una mano de mujer con los dedos ligeramente doblados. No es posible determinar si llega a tocarle o no. Tiene las uñas cortas. No se las ha pintado.

El hombre gime. La mano se tensa, los dedos se extienden un poco más y las uñas terminan por acariciar la espalda. Después las yemas se deslizan despacio a lo largo de las vértebras, como si dibujasen un motivo de líneas suaves.

Un pájaro. En concreto, un chorlito.

«Quiero agua», me dijo mamá.

Yo quería ofrecerle lo mejor, y por eso había comprado agua mineral, que por aquel entonces no era tan frecuente. Llené un vaso y se lo llevé hasta donde estaba tumbada.

Se incorporó y se lo bebió de un trago con el cuello arqueado.

«No sé por qué, pero no me sabe bien.»

A lo mejor su lengua se había insensibilizado, a pesar de haber dejado ya la cortisona.

«Las ciruelas de anoche, esas sí que estaban buenas», me dijo como si le amargase comprobar cómo perdía el gusto poco a poco.

Más o menos una hora después volvió a pedir agua.

—Del grifo está bien.

—¿Quieres hielo?

—¿Es hielo de agua del grifo?

—Sí.

Asintió. Le llevé el vaso en una bandeja. El cristal se había empañado. Lo agarró y dejó impresas en él sus huellas dactilares.

«Está rica. Prefiero la tibieza del agua del grifo.»

Se rio. No tenía fuerzas, pero era la risa de siempre, no cabía duda. Escuché los latidos de mi corazón. Sus huellas no tardaron en borrarse y el cristal se secó hasta convertirse de nuevo en un vaso ordinario por el que tan solo resbalaban unas pocas gotas.

La mano agarra ahora el hombro. Enseguida se desplaza hacia el cuello y rodea la nuca. El otro brazo se alarga hasta juntar las manos.

El hombre se mueve. Al principio vacilante, luego con determinación.

La puerta está cerrada, la ventana abierta. La cortina se agita. El viento sopla un instante y se calma enseguida. La espalda del hombre está empapada en sudor.

A lo lejos se escucha el canto de las cigarras. No es un verdadero sonido, tan solo una vibración.

A veces oía las voces de papá y mamá a medianoche.

El aire acondicionado me provoca dolores, decía mamá. En lugar de encenderlo, poníamos un ventilador con termostato. Desde la puerta de su cuarto hasta la del mío, sus voces llegaban transportadas en la atmósfera. La de papá siempre tranquila, la de mamá también.

Tal vez era la primera vez que escuchaba unas voces tan calmadas. A veces se entrecortaban, y cuando volvía a oírlas tenía la impresión de resintonizar una emisora de radio.

… si no hemos tenido perro…

… las fotos en blanco y negro…

… hacía un tiempo espléndido y era…

… tenía unas orejas enormes…

… ¿Un armonio? Sí, pero…

Las voces se perdían, y a partir de ese momento solo percibía murmullos sin sentido revoloteando en la noche como pompas de jabón.

Me fijaba en los dibujos de la pared. Los dibujos de cuando Ryo y yo éramos niños: una calabaza, las flores de un ciruelo, una grulla, un paisaje nevado, la luna y las flores, un relámpago, una golondrina.

Escuchar la voz de mamá me adormecía. No tuvimos perro porque ella nunca quiso. Pensaba en ello y sentía cómo mi conciencia se apagaba lentamente. Por fin los pies entraron en calor, la humedad de la piel se evaporó y me abrí paso por el territorio del sueño.

El hombre se agita con el brío de un pez en el mar. ¿Cómo se llaman esos peces, por cierto?

Pez sable.

Eso es. Pez sable. Un pez largo, plateado y brillante que parece un cinturón extendido.

Es el sudor de su espalda lo que me sugiere esa imagen. O tal vez sus movimientos amplios y lentos, como si le sacudiese un hilo metálico que atravesara su cuerpo por la mitad.

El brazo que rodeaba su cuello se queda ahora suspendido y empieza a manotear en el vacío como si bailase, como si se afanase por atrapar algo que se escapa una y otra vez. Pero no tarda en encontrarlo. Se estira más y más hasta tocarlo con los dedos, con la palma de la mano, con el hueco interior de la mejilla, con la lengua. Dos peces sable que se enredan poco a poco; uno grande, el otro más pequeño. Un rayo de sol se derrama sobre las sábanas.

«Me pregunto si papá siempre se ha dado la vuelta de esa manera tan violenta.»

Me lo dice mamá con apenas un hilo de voz y la cabeza ligeramente levantada cuando le llevo la tortilla.

Sashimi, tortilla, sopa, frutos secos, nabo rallado, verduras hervidas. Mamá ha empezado a pedir comida simple. Antes le gustaba mucho el gratinado con abundante bechamel, las ensaladas con aderezos muy elaborados y las comidas especiadas.

¿Se da la vuelta?

«Sí, a veces la cama se mueve a medianoche y estoy a punto de caerme.»

Me fijo en sus muñecas. Siempre las ha tenido muy finas, pero últimamente ha adelgazado aún más y se le notan los huesos. Me preocupa que pueda hacerse daño si se baña sola, de modo que me meto en la bañera con ella. Nos bañamos una vez por semana. El resto de los días, le limpio el cuerpo con toallas calientes.

«¡Ya ves cómo termina por arrugarse la piel, como si fuera crepé!»

Se mira el pecho, los brazos, las caderas, y después se ríe.

«Igual que tu abuela, qué cosas. Ya sabes lo que te espera.»

La visión de su piel fina y reseca me produce mucha tristeza, porque antes era tan tersa que casi repelía el agua. De todos modos, imagino que lo último que quiere es que la compadezca.

—Si quieres, le puedo decir que duerma en otro sitio.

—¿A quién? ¿A papá?

—Sí.

—No, no. Si no está a mi lado me siento muy sola.

Papá durmió con ella hasta el final. Una cama doble. Dos edredones. Tienes la manía de adueñarte del mío también, le reprochaba mamá.

Ahora duermo con Ryo en la misma habitación, en camas individuales. Están pegadas la una a la otra, aunque a veces se abre un hueco entre ellas. Cuando cambio las sábanas siempre encuentro ahí alguna horquilla perdida, o un marcapáginas. Las empujo hasta juntarlas, pero el hueco siempre termina por abrirse de nuevo.

La cara del hombre se contrae en un gesto de dolor.

No. No puede ser dolor lo que tuerce su gesto, debe de ser placer.

(¿Dolor, placer?)

(Es lo mismo.)

(No hace falta preguntarse por el significado.)

(Porque siempre se escapará algo, o, por el contrario, algo se insinuará.)

La mujer se apoya en los antebrazos para ver bien la cara del hombre. Le mira sin preocuparse por el tiempo. Está segura de que no tendrá una segunda oportunidad.

Se mueve aún más rápido y el gesto del hombre se retuerce todavía más. Se le escapa un gemido. Aprieta el cuerpo de la mujer contra el suyo. Ella ya no puede verle la cara porque está aplastada contra su pecho. Nota el olor de su piel, un olor familiar. Cierra los ojos para saborear el momento.

El último pícnic fue en el parque de Koganei.

«Quiero ir a un sitio donde no haya agua», nos pidió mamá.

¿No quieres ir a Inokashira?, le preguntó Ryo. A mamá le encantaba ese parque. Cuando una pareja se sube a una de las barcas del lago de ese parque, no tarda en separarse, decía siempre antes de montarse en una con papá, muy ilusionada.

«Tengo la sensación de ahogarme. Con el agua para beber me basta.»

Negó con la cabeza.

Papá coció el arroz y Ryo las verduras. Yo me encargué de las tortillas y el pescado asado. Lo dispusimos todo en una caja de *bentō* y llenamos el termo de té.

Ryo condujo un coche alquilado.

«¡Hay que ver lo mal que conduces!», le dijo mamá.

Iba sentada detrás, apoyada casi sin fuerzas en el respaldo, con una manta encima de las rodillas, y sin embargo no había perdido el veneno de su lengua.

«Si no me equivoco, voy a morir pronto, ¿verdad?»

Lo repitió varias veces, y nosotros la escuchamos sin decir nada. A la tercera, fue papá quien decidió intervenir.

—Deja de decir eso. ¡Basta ya!

—De acuerdo, pero es una lástima, porque me siento preparada.

—No hace falta que te prepares.

—Es que es la primera vez que disfruto de tanto poder en esta casa.

—¿Acaso no has sido siempre la número uno? —replicó papá riendo.

Todos nos reímos.

—Escuchadme bien, no quiero que os hagáis reproches —nos dijo cuando se sentó en la manta extendida sobre el césped.

Nos quedamos en silencio. Soplaba una brisa agradable. A lo lejos se oían voces de niños, cantos de pájaros.

—Los reproches son inevitables, da igual lo que uno haga o deje de hacer.

Fue Ryo quien rompió el silencio.

—Haced lo que queráis, pero no os arrepintáis de nada.

—¿No te contradices?

—En absoluto. Hay que vivir sin arrepentirse de nada.

Hay que prestar mucha atención a lo que dice una persona que está a punto de morir, dijo mamá antes de llevarse a la boca un poco de arroz aderezado con una ciruela con sal. Mordisqueó un poco y masticó bien antes de tragar. ¡Qué ricas están las ciruelas con sal! Se nota que las he preparado yo, murmuró. Ryo me miró. No le devolví la mirada, pero sentí sus ojos clavados en mí.

La mujer teme que el hombre levante la voz, esa voz que le recuerda a cuando era un niño. ¡Oye! Siempre tenía esa palabra en la boca de niño. ¡Oye! ¿Jugamos? ¿Oye? ¿Por qué no juegas conmigo? Esa voz pertenece al pasado. Ya no es la voz del hombre, solo existe en el recuerdo de la mujer, y es imposible determinar si se trata de la misma.

A pesar de todo, cree que sí. La misma voz de antaño.

Ya no recuerda si jugaba con él siempre que se lo pedía, solo se acuerda de su voz.

Su resonancia le hace temblar. ¿Qué querías de mí? ¿Cuándo empezaste a desear lo que yo también deseaba?

¡Oye, vamos a jugar!, decía con toda su inocencia cuando aún no era un hombre, tan solo un niño.

Papá se negaba categóricamente a vestir a mamá con ropa de difunta.

«¿Cómo vamos a sacarla del ataúd para vestirla con ropa ceremonial? —protestaba con el ceño fruncido—. Dudo que quiera cruzar el río de la muerte vestida de esa guisa».

Lo dijo tal cual, con esas mismas palabras delante del empleado de la funeraria, quien se limitó a mantenerse al margen: «Bueno, sí... Pero... Tiene usted toda la razón». Mientras tanto, yo me preguntaba distraída qué clase de comentario ácido se le habría ocurrido a mamá de haber tenido enfrente a ese hombre de apariencia amable, pero claramente interesado en ponerse las cosas lo más fáciles posible.

Tenemos que enterrarla, sea como sea, intervino Ryo.

«¿De verdad es imprescindible una ceremonia funeraria?»

Papá se empeñaba en llevar las cosas al extremo. En la actualidad se acostumbra a celebrar un funeral solo para la familia más próxima, pero en aquella época era casi obligatorio convertirlo en un acto social, como también lo era acompañar al difunto a la tumba.

«Yo no pienso acompañar a nadie», sentenció papá con una sonora risotada.

La mortaja blanca, las monedas para cruzar el río de la muerte... Si le hubieran dicho algo de eso, mamá habría puesto el grito en el cielo. Papá no dejaba de repetirlo. Al final prescindimos de la mortaja.

«Puede que sí hubiera querido llevar en la frente el triángulo de las almas muertas.»

Fue papá, precisamente, quien salió al final con esa ocurrencia.

Yo siempre había presupuesto una gran solemnidad en los funerales, pero había tantas cosas que hacer que apenas quedaba tiempo para pensar en mamá.

Lloré mientras recitaban los sutras. Apenas la miré, recostada en su ataúd. Si desean saludar a la difunta por última vez..., dijo el monje a cargo de la ceremonia. Papá se levantó y le arrebató el micrófono.

«¡No es necesario!», vociferó. Su reacción fue tema de conversación durante muchos años. Es un hombre completamente irracional, se lamentaba todo el mundo. Solo Takeji se puso de su parte.

«Estoy convencido de que ella no habría querido que nadie viese su cara de difunta.»

Se lo repitió varias veces a papá, y le daba palmadas en la espalda mientras bebían sentados a la mesa para tratar de liberar la tensión del día. Terminaron completamente borrachos, las corbatas negras empapadas en alcohol, echadas a perder para siempre.

La mujer quiere que susurre su nombre.

Miyako.

Sí, quiere que la voz del hombre la reclame.

Rodea su espalda con los brazos y acaricia sus músculos. No está caliente, solo tibia.

El hombre está dentro de mí. ¿Por qué tengo la sensación de que ha sido todo su cuerpo el que me ha penetrado?

Pronuncio su nombre. ¿Habrá llegado mi voz a sus oídos? Sus amplios movimientos se precipitan.

No sabría qué sentido atribuir a este acto, pero en el instante mismo en que me lo planteo renuncio a darle más vueltas y me abandono a mis sensaciones.

Lograr detener el pensamiento implica un duro trabajo, un gran esfuerzo. No debo pensar en ello. No debo hacerlo. Me lo he repetido cientos de veces, aunque toda mi voluntad se esfuma de golpe en el momento de unir nuestros cuerpos.

Di mi nombre, llámame Miyako, le pide la mujer.

Me pareció como si se me escapase el instante en que mamá exhaló su último suspiro. A menos que la muerte, en vez de llegar en un momento preciso, sea más bien como un hilo que se estira y estira alejándose de la vida hasta que termina por romperse.

Cuando notaba su respiración apagarse tenía la impresión de que no era ella quien estaba allí, pero cogía sus muñecas entre mis manos y sí, era ella, en efecto, eran suyas esas muñecas finas con el mismo contorno de siempre, con las venas bien visibles, esas venas a cuya visión habíamos tardado meses en acostumbrarnos.

Papá sujetaba la mano de mamá. Hable con ella, llámela por su nombre, le había dicho el médico. Mamá, mamá, mamá. Nuestras voces se mezclaban como si fueran un eco.

Mamá abrió los ojos y los cerró enseguida. El pulso que mantenía vivos nuestros cuerpos y el pulso de mamá. ¡Qué diferentes eran! Si el tiempo había transformado a mamá hasta ese extremo, sin duda terminaría por hacer lo mismo con Ryo y conmigo.

No abrió los ojos nunca más. Takeji no llegó a tiempo. Acarició sus mejillas sin vida con cariño.

Aún conservaban cierta tibieza, pero se fueron enfriando poco a poco. Yo no quería perderme un solo detalle de ese tránsito. Acaricié su cara minuto a minuto y no dejé de hacerlo mientras humedecía sus labios con una gasa mojada. También la acaricié cuando papá dijo que se negaba a amortajarla, también cuando la maquillamos discretamente.

«No creo en la existencia del alma», decía mamá.

Cuando uno muere se acaba todo para siempre, pero, aunque no exista el alma, yo seguiré pensando en vosotros todo el tiempo, en papá, en Miyako, en Ryo. No creo que piense en Takeji porque no es de mi familia.

Cuando muera, espero que sintáis una inmensa tristeza. La inmensa tristeza que representa para la humanidad la pérdida de un ser tan excepcional como yo. Eso quiero que digáis.

«Lo siento. Siento no vivir más tiempo.»

¡Miyako! La mujer aún rebusca en su memoria la voz que la llamó por su nombre.

Miyako.

Ryo.

Aquella noche de verano en la que al fin nos llamamos por nuestros nombres.

Recuerdo el final, pero el principio solo es una bruma imprecisa.

¿Cómo se acercaron nuestros cuerpos?

¿Cómo llegaron a unirse nuestros labios por primera vez?

¿Cómo empezamos a quitarnos la ropa?

Una vez comenzamos, se esfumó toda vacilación. No me importaba si nuestras voces llegaban a oídos de mamá. Me daba igual que nos oyese papá. Sin embargo, eran inaudibles. La excitación del acto no se reflejó en nuestras voces. Tan solo chirriaba la cama, con un ruido que recordaba el canto de un pájaro. Era fuera, al otro lado de la ventana, donde se oían ruidos con toda claridad. Daba la impresión de que los pequeños habitantes del jardín se habían puesto a cantar todos a la vez: los pájaros, las cigarras, los bichitos ocultos en la hierba.

El cuerpo del hombre encima del de la mujer, y durante el largo tiempo que están entrelazados, constantes cambios de postura para exprimir el placer al máximo, hasta que el coro de cantos termina por silenciarse. Tan solo se escuchó entonces el tictac de un reloj.

Más o menos una semana antes de la muerte de mamá, tuvimos una conversación papá, ella y yo.

«¿Te gustaría decirnos algo?», le preguntó papá. Escucha tú también, Miyako, porque es mejor oír este tipo de cosas en compañía de alguien. Después de todo, nada garantiza que no vaya a perder la cabeza. Papá se rio. Mamá también. Un poco.

Pidió un poco de agua, como de costumbre. Fui a buscarla y, después de dar un trago que apenas le sirvió para mojarse los labios, habló despacio: «¿Por qué nunca lloras?».

Mamá miró a papá.

—Vaya, no se trataba de decir algo, sino de preguntar.

—Sí, porque lo que tenía que decir ya lo he dicho casi todo.

Papá se quedó un rato pensativo y luego arrugó la nariz.

—¿Qué haces? —le preguntó mamá con el ceño fruncido.

—Me pica la nariz.

—¿Y eso?

—Porque no sé qué decir.

—Pues entonces llora. Llora ahora mismo.

—Eso es imposible.

—Me voy a morir, podrás llorar al menos, ¿no?

Mamá seguía siendo esa persona que exigía lo imposible, y papá se concentró en el esfuerzo que le pedía. Su cara se torció con un gesto extraño. De nuevo arrugó la nariz. Mamá parecía a punto de decir algo, pero renunció a hacerlo.

«No puedo», admitió con un suspiro.

«A lo mejor has perdido la capacidad de hacerlo», le dijo mamá.

Dio otro trago de agua. En esa ocasión, extrañamente, se bebió casi un tercio del vaso, y eso que apenas podía beber.

«Me alegro. Al menos así no lloriquearás. Sería ridículo, ¿no te parece?

Mamá me miró.

«Imagino que Ryo y tú tampoco lloraréis.»

¡Por supuesto que sí!, solté de golpe. Me molestaba hablar de la muerte de esa manera. Estaba triste, y me parecía que mamá también lo estaba, precisamente por comportarse así en un momento tan delicado como ese.

«Acabo de acordarme de lo que quería decir.»

Se tumbó. Estaba tan delgada que solo de verla se me saltaban las lágrimas. Si papá no lloraba era por la misma razón por la que no lo hacía yo, pensé. Había logrado sofocar algo, como yo quería esconder en lo más profundo de una cajita mi amor por Ryo.

«¿Sabéis?, he disfrutado mucho. De eso no tengo ninguna duda. Por eso os pido que no os hagáis reproches inútiles.»

Mamá habló en un tono sereno y alegre.

El hombre era Ryo. La mujer era yo. No fue una equivocación. Ocurrió, de eso estoy segura.

El tictac del reloj, la respiración entrecortada, las escenas fragmentadas. Una noche de verano. Una noche de aquel verano.

El verano de 1986, cuando mamá estaba a punto de morir. Ryo había vuelto a ocupar su cuarto por una sola noche, esa habitación cerrada ahora a cal y canto, la habitación de los relojes. Fui yo a buscarle. Siempre había pensado que nunca sucedería, pero sucedió con toda naturalidad.

No hubo nada forzado. Éramos como cualquier otra pareja acostumbrada a hacer el amor.

Eso pensaba yo.

Justo antes de hacer el amor con Ryo tenía el presentimiento de que el tiempo por venir ya no discurriría con normalidad, pero no fue así. Antes. Durante. Después. El tiempo no se detuvo. No hubo ningún vacío. Nada explotó. No ocurrió nada.

Mientras hacíamos el amor llegué incluso a olvidarme por un instante de que era él.

Estoy haciendo el amor con un hombre.

Solo eso.

Todos los demás con quienes me había acostado antes, todos aquellos que me decían: «¡Te quiero!», y provocaban en mí sensaciones explosivas no exentas de cólera, jamás me dieron lo que obtuve en esa ocasión.

Quien se movía encima de mí tan solo era un cuerpo, no era nadie. Tampoco yo era nadie, únicamente un cuerpo que se estremecía debajo de otro.

(¡Qué maravilla, por tanto!)

Eso fue lo único que sentí.

Al final, Ryo se puso la ropa interior un poco avergonzado.

«¿Te da vergüenza?»

Asintió con la cabeza.

«A ti también, ¿no?»

Sonreímos amargamente. Nos miramos a la cara. Estaba segura de que mi sonrisa se parecía a la de mamá, porque la suya se parecía a la de papá.

2013-2014

¡Qué calor ha hecho este verano!, dice Ryo. Sí, respondo yo, pero el invierno ha llegado casi sin darnos cuenta.

El año está a punto de terminar y todo parece en calma, incluso en medio de la agitación típica de esta época. Oigo el bullicio de la gente en la calle y, aun así, tengo la sensación de que todo se mueve con lentitud.

Ryo y yo salimos juntos de compras.

—¿Y si preparamos ensalada con salsa de soja?

—Me parece bien.

—En ese caso, necesitamos nabo de Miura y zanahorias de Kioto.

—Me vale con un nabo normal y corriente.

—¿Preparamos también verduras estofadas con pollo?

—¿Y patatas dulces?

—Yo prefiero las patatas aparte.

Estamos a finales de 2013 y va a hacer veinte años que vivo con Ryo. Treinta si cuento desde la noche de aquel verano. Mi impresión es la de vivir con alguien mucho más cercano que cualquier familiar.

He comprado un adorno de Año Nuevo hecho con ramas de pino, y también *kagami mochi* y flores. Caminamos juntos cargados de paquetes. Han barrido las hojas muertas de la calle. En el cielo no hay una sola nube. Un azul pálido se extiende más allá de las ramas desnudas.

«Qué lejos está el cielo, ¿no crees?»

Ryo mira hacia arriba y entorna los ojos.

«¡Mira, la estela de un avión!»

En efecto, la estela de un avión se despliega lentamente hasta conectar el cielo con el horizonte.

—Dime...

—¿Qué?

—No, nada.

El ruido de nuestros pasos se acompasa. Pensaba comprar *kuwai* y se me ha olvidado.

Ryo se ríe.

«Dijiste lo mismo el año pasado y el anterior.»

Hará un mes que he dejado de soñar con mamá. Cuando se me aparece sufro mucho, no la echo de menos si no acude.

La noche del 31 de diciembre preparo *soba*, como dicta la tradición. Papá se acerca y me da una palmadita en la espalda.

—¿Qué pasa?

—No, nada. Solo quería decirte que cada día te pareces más a mamá.

—Ya soy más vieja que ella cuando murió.

—¿De verdad? No había caído en la cuenta.

Me obliga a girarme y me observa detenidamente.

—No has envejecido mucho.

—Es cierto. Ahora es Ryo quien parece mayor, ¿a que sí? Bueno, al menos él ocupa un lugar en la sociedad.

—Y tú también, Miyako. Lo haces bien.

—¿Qué significa que lo hago bien?

Papá se encoge de hombros con un gesto típico de mamá. Me pide que no le ponga verdura frita en los fideos. Hasta el año pasado comía encantado cualquier frito, tempura, cerdo empanado, croquetas, cualquier cosa. Crecí durante la guerra y el cuerpo me pide aceite. Eso decía siempre.

—Con pasta de pescado, un poco de cebollino y verdura hervida también están buenos.

—Y el agua de hervir los fideos.

Ryo trae el caldo tibio de la cocina. Nos lo tomamos en silencio mientras miramos en la tele un programa de canciones de toda la vida.

Papá se ha quedado tres días en casa.

«¿No quieres venirte a vivir con nosotros?», vuelvo a preguntarle.

Su cabeza no hace el gesto de asentir.

«Estaré solo hasta el final.»

Le ha encantado el estofado de verduras de Ryo. Tiene el toque de mamá, dice. Tu cocina es un poco diferente, un poco más sosa si no te importa que te lo diga.

«Mamá era una mujer interesante», dice Ryo.

Papá y él asienten al tiempo. Hasta ahora hemos usado muchas palabras para calificar a mamá, extraña, temperamental, seductora, pero la más repetida ha sido *interesante*.

—Aún pienso que sois jóvenes, pero dentro de poco cumpliréis sesenta.

—Aún faltan cinco años.

—Cinco años pasan volando.

Papá nos mira detenidamente, y de pronto desvía la mirada. Se oye el canto de un pájaro. Debe de ser un carbonero.

Los días siguientes a su marcha, Ryo y yo los pasamos en una perfecta intimidad. Nos alimentamos con las sobras de la nevera y apenas nos alejamos unos pasos de la casa. Me hubiera gustado mucho disfrutar de esa intimidad en otras épocas.

La noche antes de volver al trabajo, salimos al centro por primera vez en una semana. Tomamos una copa de vino en un bar cualquiera. Está delicioso y terminamos por bebernos una botella de blanco y otra de tinto.

—¿Cuánto hace que no salíamos juntos?

—¿Seis meses?

—No estamos más que tú y yo, pero tengo otra sensación.

Pienso distraída en el sentido de sus palabras. Estoy un poco borracha. Me pregunto si se refiere a lo mismo que siento yo últimamente.

—¿Qué?

Hago como si no le hubiera oído.

—Yo te quería, Miyako —dice en voz baja.

¿Qué?, vuelvo a preguntar. La mano con la que sostiene el vaso tiembla.

Hemos llenado demasiado las copas, están a punto de desbordarse. El temblor de su mano provoca pequeñas ondas. Finalmente consigue dominarlo y deja el vaso en la mesa.

—¿Me querías?

—Te quería.

Repetimos las mismas palabras.

—¿Por qué?

No le pregunto por qué me amaba. Lo que quiero saber es por qué me lo dice ahora.

—Porque te quiero.

Eso no es una respuesta.

Bebo un poco de vino que me sabe amargo. Estoy contenta, pero la boca me sabe amarga.

—¿Todavía me quieres?

—Te quiero, ¿pero qué significa querer en realidad?

Su respuesta parece más bien un acertijo. ¡Pues vaya, menudo idiota! Vuelvo a decirle lo mismo que le decía cuando éramos niños.

—Sí, soy idiota. ¿Y qué?

Se ríe.

La tensión entre nosotros se rebaja un poco. Me doy cuenta de que tampoco yo he comprendido la profundidad del verbo *querer*. Querer a alguien, enamorarse, traer hijos al mundo, vivir feliz durante años. Hasta hoy no he conocido esa forma de querer, aunque son incontables las mujeres que sí lo han hecho aun sin haberse casado e incluso sin haber tenido hijos.

Siento cómo se me encoge el corazón.

No quiero acabar así. Quiero que siga hablando. Las palabras solas no deciden nada, lo sé, pero quiero más.

—Yo también te quería.

Me obligo a decirlo para animar la conversación.

—Lo sé.

—¡No seas idiota! ¿Qué vas a saber tú?

Estamos a punto de dejar atrás la soberbia, de olvidar nuestras reservas. Me pregunto si es porque somos hijos de papá y mamá o porque hemos vivido juntos mucho tiempo.

—¿Te acuerdas de aquella noche de verano?

—¿Cómo iba a olvidarme?

—¿Has pensado en ello?

—He intentado no hacerlo con todas mis fuerzas, pero...

—¿Pero?

—Nunca se me ha ido de la cabeza.

—¿Y a pesar de todo decidiste vivir conmigo?

Asiente con el mismo gesto de la infancia.

Entiéndeme, me resultaba insoportable estar solo. Después del ataque con gas sarín comprendí que podía morir en cualquier momento y supe que no resistiría más la soledad. Ryo habla en voz baja.

¿Sabías que hay renacuajos que pueden gritar?

Me acuerdo de pronto de algo que me contó poco después de morir mamá.

¿Los renacuajos pueden gritar?, le pregunté sorprendida.

Sí, al parecer viven en una isla perdida de África y alcanzan los diez centímetros. Tienen una cola poderosa y son carnívoros. Como la comida no abunda en su entorno, en época de escasez se comen a los renacuajos de otras especies. Su mordedura es brutal, y cuando atacan lanzan una especie de grito sordo.

Me pregunto por qué me contó eso como si se tratase de un asunto muy serio.

Sí. Habían transcurrido cuarenta y nueve días desde la muerte de mamá. Takeji estaba con nosotros y escuchaba atento.

—Ya veo —dijo—. Entonces, se parecen un poco a ella.

—El estudio de los procesos adaptativos de las distintas especies a un medio peculiar como son las islas, de sus mutaciones, ayuda a comprender la enorme complejidad que entraña la evolución —continuó Ryo.

—Pues ya no lo entiendo —dijo Takeji en esa ocasión sacudiendo la cabeza.

—Se puede evaluar el grado de evolución de los renacuajos, de las diferentes especies, en relación con la superficie del territorio que ocupa cada una de ellas, de la especialización de sus roles. Yo tampoco sé qué significa eso exactamente.

—Entonces, ¿los seres humanos evolucionaríamos de forma independiente si nos dividiéramos por especies?

—Especies humanas distintas... Mmm...

—Sí, quiero decir, como vuestros padres, o sea, personas distintas a lo normal.

Traté de imaginar a uno de esos renacuajos emitiendo un grito sordo en el momento de atrapar a su presa, un renacuajo gigante de cabeza redonda y feroz.

«Pero esa diferencia no es de orden biológico, ¿no te parece?», le preguntó Ryo con gesto serio.

Takeji soltó una carcajada.

No. No se trata de eso.

Diferencia.

Esa palabra ha resonado desde entonces en mi cabeza. La noche de aquel verano. ¿Acaso Ryo y yo nos habíamos diferenciado de los demás aquella noche?

Los seres humanos no nos diferenciamos en esos términos, dije yo titubeante. La especie humana no ha evolucionado gracias a haber creado una subespecie o una especie distinta. Eso sí resulta extraño.

«¿Todos los seres humanos somos iguales? Hay distintos colores de piel, por tanto las diferencias existen.»

Mis dudas no me impidieron interrumpir la conversación para aportar mi granito de arena.

Los seres humanos solo podemos cruzarnos entre nosotros, como los perros. Da igual si son grandes o pequeños, si ladran sin parar o son silenciosos, tranquilos o nerviosos. Siempre que sean domésticos, se pueden cruzar entre ellos.

El término *cruzar* me chocó. Miré a Ryo, pero él apartó la mirada.

Nunca he encontrado las palabras justas para pensar en aquella noche con Ryo. Ni siquiera hoy puedo hacerlo. *Cruce* suena brutal, pero a esa violencia la acompaña una cierta pureza. Sea como sea, aquello no fue un *cruce*.

Nos servimos de nuestros cuerpos, pero no lo hicimos para ellos. Lo físico fue el modo que encontramos de expresarnos.

Comparados con otros seres vivos que se cruzan y se mezclan con naturalidad, les sea favorable o no el medio en que viven, Ryo y yo, como el resto de las personas, estamos hechos de mayores complejidades, de elementos heterogéneos y, por tanto, de impurezas.

A partir de Año Nuevo se suceden los días gélidos. De hecho, nos golpea una ola de frío.

Después de nuestra salida a beber vino, el tiempo ha recuperado su discurrir habitual. Me dijo que me quería, pero nada ha cambiado.

A diario intercambiamos unas pocas palabras: hace buen día, el tren iba lleno, tardan mucho en pagarme, qué rabia, han limitado por ley el número de horas extra, me canso de tanto trabajar para nada, los narcisos blancos que plantó mamá en el jardín ya están en flor.

Asuntos cotidianos, sin importancia, comentados entre susurros. Palabras que no saldrían de mí si estuviera sola, pero que al menos rozan la superficie del otro por mucho que no lleguen al fondo. Sirven para relajarnos, nos permiten intuir nuestros sentimientos.

Quiero ver un río. Un río en invierno.

No un río largo y ancho de riberas bien definidas, sino cualquiera de los que atraviesan la ciudad.

Me subo al metro para ir al centro, me apeo en una estación cualquiera y camino. No tardo en encontrar las márgenes asfaltadas de una corriente de agua encajonada entre edificios. Bajo unas escaleras y escucho el alboroto de las gaviotas. Hay un grupo sobrevolando las barcazas amarradas en la orilla. Me pregunto qué clase de relación de parentesco tendrán.

¡Hola, gaviotas!, grito. Levantan el vuelo todas a la vez. Sin embargo, dos de ellas permanecen posadas en el techo de una de las barcazas. Se dan la espalda, no parecen dispuestas a alzar el vuelo.

Me pregunto si podría separarme de Ryo.

De niña ni siquiera imaginaba la posibilidad de estar lejos de mamá y, cuando admitía que ese momento llegaría, creía volverme loca. No me sentía triste o sola, sino herida por alguien, como si ya no fuera yo.

¿Por qué yo?

Lo pregunto en voz baja en dirección a las gaviotas.

¿Por qué estoy tan apegada?

¿Es eso lo que llaman amor? Esta cosa inexplicable. Apego. Me parece una palabra adecuada.

¿Aún quiero a Ryo?

Vuelvo a dirigirme a las gaviotas. Me contestan: sí, le quieres. Le quieres mucho.

A partir de determinado momento, Ryo empieza a llegar temprano a casa.

Desde que vivimos juntos apenas hemos cenado nunca a la misma hora. Trabajaba incluso los domingos, pero ahora vuelve pronto dos días por semana.

—¿Qué ocurre? ¿No va bien la empresa?

Se ríe.

—Bueno, aún no hemos salido de la recesión, pero me marcho antes porque he renunciado a la idea del ascenso social.

—Ascenso social.

Me sorprende que pronuncie esas palabras que nada tienen que ver conmigo. Siempre olvido que él habita un mundo donde esas palabras significan algo.

Ascenso social. ¡Qué extraño!

—Puede que tengas razón.

—¿Habláis de eso en la oficina?

—¡Claro que no! —lo niega rotundamente, pero con la cabeza un poco ladeada.

—¿Te gustaría beneficiarte del ascenso social?

—Bueno, ya que trabajo en una empresa...

—¿De verdad?

—No, en realidad no.

—¿En serio?

—Bueno, sí. Sí me gustaría.

Me pregunto si es sincero. Le observo como si fuera un desconocido. Me gusta ese hombre que tengo enfrente.

—¿Nunca has tenido la impresión de ser el personaje de un sueño ajeno? —me pregunta con un aire soñador.

—No sé si se trata de un sueño. Estoy aquí ahora, y tú también. Fuiste tú quien propuso volver a esta casa.

Se lo digo sin apartar mis ojos de los suyos y él se queda un poco aturdido. No tarda en sonreír y repite dos veces seguidas: «Es verdad, es verdad».

Me pregunto cómo nos hemos librado de las cosas que tanto nos pesaban. No de repente, desde luego. Ha sido un proceso lento.

Una mañana de domingo me despierto y le veo a mi lado. Siempre ha estado ahí, pero es como si tomara conciencia por primera vez. Extiendo el brazo. Acaricio su pelo revuelto, después la mejilla. Vuelvo a meterme debajo del edredón y me quedo tumbada boca arriba.

Ryo alarga su brazo hacia mí. Me da la mano. Nos quedamos inmóviles durante unos instantes. Tengo sed, pero no voy a levantarme.

Me doy media vuelta para mirarle. Él hace lo mismo. Nos miramos a los ojos. Me acaricia suavemente los párpados. Cierro los ojos y su rostro desaparece. Al otro lado de mi campo visual oscurecido noto el movimiento de su mano. Me roza los labios con la yema de los dedos. Lo siento a través del tacto, sin que la vista intervenga.

Me obligo a mantener los ojos cerrados. Sus dedos se deslizan de los párpados a las mejillas y de allí al cuello. Aquel verano Ryo no se movía con la misma lentitud. Había impaciencia en él, deseo, como si quisiera aplastar algo.

Abro los ojos despacio.

—¿Quieres?

—Si tú quieres —dice con dulzura.

Tomo su cara entre mis manos. Me acuerdo vagamente de mamá.

—No te preocupes, yo estoy bien —le digo.

Él asiente.

—Sí, tienes razón. Ya no tiene importancia, ¿verdad? —dice en un tono grave.

Vuelvo a tomar su cara entre mis manos.

Ya no tiene importancia, tienes razón. A pesar de todo, nuestros cuerpos se buscan, nuestras piernas se enredan en la calidez del edredón. El deseo se despierta, aumenta poco a poco. Sabemos que la unión de nuestros cuerpos no prueba nada y por eso hacemos el amor en paz.

¡Qué maravilla, es domingo!

Sí, tenemos todo el tiempo del mundo.

Hace un sol espléndido.

Sí. Los cerezos no tardarán en florecer.

Es imposible distinguir mis piernas de las suyas. Sus dedos, sus brazos, sus costillas, la espalda, la piel fina que recubre su cráneo, el pelo; todo lo suyo es mío, todo lo mío es suyo.

¿Sabes?, me dice, anteayer me acordé.

Fue más o menos en esta época, los cerezos también estaban a punto de florecer. En aquel momento pensé que no había visto nada, pero en realidad sí lo vi. Había una mujer tendida en el suelo. Me había subido al vagón que se detendría cerca de la salida de Ayase, pero me equivoqué y acabé un poco más lejos de lo que pensaba. Ni siquiera me daba cuenta de que estaba sudando por culpa de la gabardina, pero ese recuerdo de no haber presenciado nada, de haber notado solo una atmósfera inquietante, era falso.

La mujer tendida en el suelo parecía un muñeco. Sus brazos y piernas estaban inertes y pensé que no estaba viva. Tuve miedo. Había ido a unos cuantos funerales, había presenciado la muerte de allegados nuestros, pero era la primera vez que me topaba con ella de golpe, de un modo tan inesperado. La muerte de esa mujer se presentó ante mí con mucha más crudeza que la de mamá. Oí hablar del sarín más tarde, pero en ese momento comprendí que sucedía algo del todo irracional, algo que había segado la vida de esa mujer en este mundo.

No quería enfrentarme a la muerte. Apreté el paso hasta la oficina para huir de ella. Después de atravesar la aséptica entrada del edificio y subir en ascensor a la misma planta de todos los días, podía fingir al fin que no existía.

En esa época estábamos muy lejos de la muerte, ¿no te parece? No solo porque éramos jóvenes, sino porque nos empeñábamos en mirar hacia otro lado.

El ataque con gas sarín y el terremoto de Kobe, en cambio, me la acercaron. Comprendí sin ningún género de dudas que está por todas partes, como las minas antipersona enterradas al azar en el campo de batalla. Una pisada en falso y se acabó.

¡Miyako!, me llama.

Estamos tan pegados el uno al otro que no alcanzo a ver su cara. Me aparto un poco. Le miro fijamente a los ojos, después a los labios, la nariz.

¡Ryo!, digo yo.

Nuestros dedos se separan para buscar más profundamente en nuestros cuerpos.

Nahoko despega con cuidado el plástico que protege la tarta. Se adhieren a él unos cuantos pedacitos de bizcocho. Lo extiende en el plato y atrapa los restos uno a uno con el tenedor. Después se dedica al resto de la tarta.

«Tengo que comérmelos antes. Es superior a mis fuerzas.»

Estamos sentadas una al lado de la otra en una barra frente a un gran ventanal con vistas a la calle, aunque el cristal está esmerilado a la altura de los ojos.

«Siempre igual, ¡qué manía! En todas las cafeterías a las que voy, solo alcanzo a ver a la gente que pasa por la calle de cintura para abajo», se queja Nahoko. Estamos en una de esas franquicias que suele haber cerca de las estaciones de tren. Ha sido ella quien ha querido entrar precisamente ahí. Después de leerse el menú de arriba abajo, se ha pedido un café y una ración de tarta. Yo, una infusión.

—¿Por qué pides esas cosas de abuela? —me reprocha.

Desde hace un tiempo, si me paso con la cafeína no duermo bien.

—A mi madre le ha dado ahora por decir que ella empezó a envejecer justo cuando tenía nuestra edad.

Me lo cuenta mientras se lleva un trozo de tarta a la boca.

—Este sabor me recuerda los dulces de Estados Unidos.

—Es una cadena americana.

—Pero tienen infusiones de vieja. ¡Qué raro!

Botas, zapatos planos, correas, zapatillas de deporte, más botas. Nahoko se divierte enumerando el desfile que discurre ante sus ojos sin prestarme demasiada atención.

—¿No cuentas los zapatos de hombre?

—Los zapatos de hombre no tienen ningún interés.

¿Desde cuándo no pronuncia el inglés con acento americano?

—Creo que mamá nunca dijo que envejecía.

—Aún era joven.

Es cierto. Murió antes de alcanzar nuestra edad, pero, aunque hubiera vivido muchos años, jamás habría admitido que envejecía.

Mis pensamientos vagabundean sin rumbo preciso, y de pronto reparo en que no recuerdo la cara de mamá.

—¿Qué te pasa? Pareces absorta.

—Nada.

Sacudo la cabeza. Zapatos, zapatillas de deporte, botas de media caña. Es la época de la caída de la flor del ciruelo y la gente va todavía muy abrigada. El invierno ha sido muy duro este año. Ha nevado mucho y en casa han salido goteras. Después de ese día, Ryo y yo solo volvimos a entrelazar nuestros cuerpos una vez.

Me di cuenta de que la casa crujía un día del año 2014, cuando las flores de los cerezos estaban a punto de brotar. Desde la ventana de la cocina se veían unas ramas teñidas de rosa dos casas más allá.

«Mañana florecerá», había asegurado Ryo, mirando por la ventana por encima de mi hombro.

Era mediodía y me estaba comiendo una tostada. Estaba sola. Oí un gran crac.

No era raro oír ruidos misteriosos por aquí y por allá, pero en esa ocasión sonó más fuerte de lo normal.

Estaba sirviendo agua caliente en la tetera y pareció que la casa entera fuera a derrumbarse. De hecho, se movió.

Pegué un brinco. Pensé que era un terremoto y miré el techo. La lámpara se balanceaba ligeramente. Me quedé inmóvil unos segundos. El movimiento terminó enseguida, pero no pude evitar una enorme inquietud en el corazón.

Subí la escalera a saltos y me planté en el pasillo de la primera planta. Eché un vistazo al dormitorio. La puerta estaba abierta. Todo bien. Al otro lado de la pequeña ventana del fondo del pasillo se veían brotes de un verde resplandeciente.

No ha sido nada, murmuré. Me dispuse a bajar, pero algo llamó mi atención en la habitación cerrada. Miré por el ojo de la cerradura. Demasiado oscuro. No se veía nada. Bajé a la cocina y saqué la llave del cajón. Volví a subir a toda prisa.

Abrí el candado, entré y tosí.

Estaba inundada de polvo.

El techo se había resquebrajado. Los relojes de pared de papá, la antigua cama de Ryo, las estanterías combadas por el peso de los libros, todo estaba cubierto de cascotes. Di un paso atrás y volví a oír un fuerte estallido.

A pesar de estar cubiertos de polvo, los relojes aún funcionaban.

«¡Impresionante! —se asombró papá cuando fue a echar un vistazo y comprobar el estado de la grieta, a través de la cual se veía una viga de madera—. Si mamá estuviera aquí, seguro que todo esto le divertía mucho».

El encargado de la empresa de reformas aseguró que era imposible arreglarlo. La casa era muy vieja. Por si fuera poco, había termitas.

El terremoto le ha hecho mucho daño, y no solo al techo de esta habitación, seguro que el resto de materiales también están fatigados.

Ese fue su veredicto.

«La casa está fatigada», repitió papá, perplejo.

Cuando le expliqué que el hombre también había dicho que no resistiría otro terremoto, agachó la cabeza.

«Pues si así están las cosas, lo mejor es echarla abajo», dijo alegremente.

Ryo y yo nos miramos.

«Mamá no estaría de acuerdo. A ella le gustaba mucho esta casa, aunque puede que haya llegado el momento.»

Nos divirtió su forma de plantearlo. Se encogió de hombros y entró con cuidado en la habitación que habíamos cubierto de telas para evitar que se levantase el polvo. Escudriñaba una esquina aquí y allá y volvía a poner la misma cara de sorpresa.

—De hecho, las casas están construidas con residuos de madera —dijo.

—No creo que siempre sea así.

—Son frágiles, en cualquier caso.

Me acuerdo de algo que dijo Nahoko.

Mientras se come el pedazo de tarta me habla de una ciudad donde ha estado hace poco, una ciudad atravesada por un río. Fue a principios de invierno y cayó una fuerte nevada. Es una ciudad pequeña a mitad de camino del recorrido que hicimos juntas en nuestro viaje de juventud.

«No sé bien por qué, pero me daba la sensación de que era de juguete —dice con la mirada perdida en el vacío—. Todas las ventanas orientadas al mar habían desaparecido. Hacia el interior había casas corrientes y molientes, pero al lado del mar parecía como si un gigante se hubiera dedicado a machacarlas a manotazos. Estaban todas cubiertas con grandes lonas azules de plástico».

Después de limpiar un poco, recoger y aplicar un remedio temporal a las vigas de madera, Ryo y yo vivimos aún cierto tiempo en la casa que nos había dejado mamá.

—Deberíamos plantearnos esto lo antes posible, ¿no crees?

—Sí, tienes razón.

A pesar de nuestra actitud razonable, no podíamos evitar una gran confusión en nuestras emociones.

«¿Por qué no construís una casa nueva?», me pregunta Nahoko. A partir de ese día frecuenta la cafetería y me llama a menudo para que la acompañe.

—Ahora que nos vemos tanto, me acuerdo mucho de aquel viaje que hicimos juntas.

—Bebíamos Seven-Up a todas horas, ¿te acuerdas?

En realidad, dice «Sevena». Hacía tiempo que no le oía pronunciar con acento americano.

—Me encantaba el ruido de la botella al abrirse.

—¿Pssss?

—No, ese era el ruido de las burbujas al salir. El que hacía al tragar era distinto.

—¿Y qué ruido era ese?

—Chssss, algo así. Atravesaba la garganta y casi dolía. Después se oía un chisporroteo en el pecho.

—Eso es porque estamos hechos de agua —murmura mientras juguetea con la tapa de plástico de su vaso. Cuando bebemos agua, el cuerpo responde con un sonido al recibirla.

—¡Qué raro! —digo, a pesar de captar más o menos lo que quiere decir.

Cuando Ryo entraba en mí, nuestros cuerpos se estremecían como ondas en la superficie del agua. Nuestros cuerpos hechos de agua casi en su totalidad se sumergían el uno en el otro. ¿Qué clase de ruido harían?

—No tenemos dinero para construir una casa nueva.

—¿Ni siquiera una pequeña?

Me termino la infusión y me acuerdo del té rojo que solía prepararle a mamá.

A principios del mes de mayo, Ryo encuentra un lugar al que mudarnos.

—Es en un edificio cerca de aquí, al parecer se van a quedar dos apartamentos libres.

—¿No vamos a vivir juntos?

—Son muy pequeños.

—¿Estarás bien?

—Cuando me sienta solo iré a dormir contigo.

He empezado a recoger y han aparecido muchas cosas de mamá.

«¡Y yo que pensaba que lo había tirado casi todo!»

Se lo digo a Nahoko, que ha venido a echarme una mano. Extiende un vestido y dice: «Desde luego, era una mujer con estilo».

Toda la ropa de mamá está en perfecto estado. Han pasado treinta años desde su muerte y nunca le he prestado especial atención, pero da la impresión de conservar su aroma.

De pronto veo su imagen con una claridad inusitada y me asusto. Grito sin querer. Nahoko también se asusta.

—Tenía un gran poder de seducción, ¿verdad?

—Sí, aunque era algo indefinible, difícil de explicar.

Meto toda la ropa de mamá en una bolsa de basura.

—¿Lo vas a tirar todo?

—Sí. Ya no vale para nada. Nadie se va a poner esto.

—Pues a mí me parece que le iría bien a Kaoru.

Reparto sus joyas entre nosotras tres, pero ninguna quiere la ropa. ¿Cómo vamos a ponernos eso? Solo mamá podía ponerse su ropa. Me parece evidente.

¿Pero qué dices?, habría protestado ella sin duda. Ni siquiera es ropa hecha a medida, es ropa normal. No tiene nada de especial. A mí qué más me da si se la pone alguien o no. ¡Qué desperdicio tirarla! Me parece verla delante de mí con el ceño fruncido y los hombros un poco encogidos.

Llevo muy pocas cosas en la mudanza. Ryo igual. Todos aquellos zapatos suyos se han reducido considerablemente.

¿Te acuerdas de aquella ciudad?, me pregunta Nahoko mientras juguetea con el tenedor.

Se refiere a nuestro viaje de vacaciones mientras aún éramos estudiantes.

Otra vez el pasado, pienso. Nahoko y yo hablamos del pasado más de lo que mamá nos hablaba a Ryo y a mí. Se puede hablar de él cuando se ha compartido con alguien. Si mamá lo hacía, estoy segura de que era porque papá estaba cerca. Podía no estarlo en determinado momento, pero existía en alguna parte.

Sí, me acuerdo. Era verano, hacía calor, pero las noches eran frescas. Recuerdo que dormimos en un hostal cerca de un río. No había nada de nada, ¿verdad?

Nahoko asiente. Es cierto. No había nada de nada, y la última vez que estuve allí menos aún. Sin embargo...

«Había menos casas.»

La carretera de la costa discurre a unos cien metros de la playa. Aparte de unos cuantos pinos aquí y allá, todo lo demás ha desaparecido. Han pasado varios años desde el tsunami, pero los campos y los arrozales están desiertos, ocupados solo de vez en cuando por alguna excavadora. Era domingo y había nevado mucho. Nadie manejaba las máquinas. Parecían abandonadas.

«Solo quedaban unas cuantas casas dispersas, algún templo solitario.»

Nahoko vuelve a contarme que las ventanas orientadas al mar estaban rotas, como si alguien hubiera puesto un gran empeño en ello.

«¿Y el río? ¿Cómo estaba el río?»

«Como siempre, creo.»

Lo recuerdo hace más de treinta años. ¡Es imposible confiar en la memoria!

Cuando vi en televisión las imágenes del tsunami al retirarse y el río reapareciendo, no me di cuenta de que era el mismo por donde habíamos paseado Nahoko y yo hacía tanto tiempo.

«El río estaba tranquilo, quizás por la nieve. El agua fluía silenciosa, como si hubiera perdido la voz.»

Deja la mitad de la tarta. Zapatos, botas, más botas... ¡Ah, y una sandalia! Qué raro. En algún lugar oculto de su cara, Nahoko aún esconde aquella de cuando tenía veinte años. El tiempo se queda encerrado en nuestros cuerpos. En el de Nahoko, también en el mío, se acumula en este momento un tiempo mucho más largo del que pudo conservar mamá dentro del suyo. Son como pliegues que se enrollan y desenrollan sin parar.

Hemos vendido la parcela justo antes de que derriben la casa.

«Los terrenos se venden bien desde hace tiempo», nos dijo Takeji. La hemos vendido gracias a él sin necesidad de recurrir a un agente inmobiliario.

—Uno conoce su oficio.

—Pues yo no veo relación alguna entre el negocio del papel y el inmobiliario.

—Si tienes un negocio te relacionas con mucha gente, ¿no lo sabías?

Dividimos en dos el dinero de la venta. Mi parte la guardo en el banco.

¿Ya habéis pensado en el dinero para la vejez? Cuando seáis mayores, yo ya no estaré en este mundo, y vuestro padre tampoco, dice Takeji con gesto serio. La ocasión merece una respuesta igual de seria. Sí, lo hemos pensado.

Vejez. Esa palabra no llega a impregnar mi cuerpo. No sé por qué, pero tengo la sensación de que aún nos queda mucho tiempo por delante, o tal vez solo quiero creerlo.

Ryo se ha tomado unos días de vacaciones y hemos decidido irnos de viaje. Takeji nos advierte que nos vamos justo en la fecha en que van a derribar la casa.

—¿Queréis verlo?

—En absoluto.

La mañana de nuestra partida hace un tiempo espléndido. Tenemos previsto llegar a la ciudad atravesada por un río donde ha estado recientemente Nahoko, y desde allí seguir un poco más hacia el norte. Camino en silencio junto a Ryo por varias ciudades, incluida la del río. Todas ellas están muy silenciosas.

Caminamos sin rumbo fijo. En el parque de un distrito donde hemos aparecido por pura casualidad, preguntamos cómo llegar al mar. Nos lo indican muy amablemente, hablando despacio para que entendamos el dialecto.

Cuando volvemos a la habitación del hotel me duelen los pies.

—Esta noche vamos a dormir a pierna suelta, ¿no crees?

Sin embargo, es un sueño superficial. A la mañana siguiente el sol entra a raudales por la ventana. Me despierto y me meto en la cama de Ryo. Nos quedamos ahí quietos, hombro con hombro. Le acaricio las mejillas. Él me acaricia el pelo.

—Tengo miedo, ¿sabes? ¿Y tú?

—Sí, yo también.

—¿De qué?

—¡Has empezado tú!

—De querer. De quererte.

—¿No por ser como somos en este momento?

—¿Y tú?

—No, no es por eso. Es porque he sentido la mirada de mamá, aunque después he pensado que está bien.

A Ryo y a mí siempre nos han juzgado, pero en realidad no hay nadie en ninguna parte que tenga derecho a juzgarnos.

—¿Crees que podremos vivir así mucho más tiempo?

—Sí, me parece que sí. Uno no puede apearse sin más cuando le viene en gana.

—Pero te pueden obligar a bajar cuando no quieres.

—¿Eso es lo que te da miedo?

Niego con la cabeza. Tengo miedo de la felicidad que me embarga cuando estoy con él. Solo eso.

De pronto oigo la voz del agua. Es una corriente viva, pura, sin intención, un agua que discurre por los confines de un mundo lejano.

Ni Ryo ni yo hemos llegado aún a ese confín. Tal vez nadie pueda hacerlo. Me pregunto si papá y mamá quisieron llegar allí.

Nahoko me contó que un pájaro flotaba sobre la superficie oscura del agua. Solo había uno, pero no transmitía una impresión de soledad. Flotaba en silencio, como si la nieve lastrara sus alas. Vuestra madre era como ese pájaro.

Cuando regresamos a Tokio, la casa ha desaparecido. Tan solo queda un pedazo de terreno plano. Es mucho más pequeño de lo que imaginaba. Las hortensias también han desaparecido, y el ciruelo enano que tanto le gustaba a mamá.

El verano ha vuelto. Pronto regresará ese pájaro con su canto breve y profundo, supongo. Hoy tengo ganas de ir a ver a Ryo.

Queremos compartir más momentos contigo.

Únete a la comunidad de Penguin Libros
y encuentra tu siguiente lectura.

Penguin
Random House
Grupo Editorial